romeu e julieta

WILLIAM SHAKESPEARE

romeu e julieta

WILLIAM SHAKESPEARE

ADAPTAÇÃO FLÁVIA CÔRTES

ILUSTRAÇÕES RODRIGO MAFRA

elo EDITORA

Texto fixado conforme o Acordo Ortográfico da Língua Portuguesa de 1990 (Decreto Legislativo nº 54, de 1995).

Publisher: **Marcos Araújo**
Gerente editorial: **Cecilia Bassarani**
Editora de arte: **Susana Leal**
Designers: **Giovanna Romera** e **Thaís Pelaes**
Projeto gráfico: **Susana Leal** e **Giovanna Romera**
Revisão: **Carina de Luca, Mariana Cardoso e Richard Sanches**

Dados Internacionais de Catalogação na Publicação (CIP)
(Câmara Brasileira do Livro, SP, Brasil)

Côrtes, Flávia
Romeu e Julieta / William Shakespeare ; adaptação Flávia Côrtes ; ilustrações Rodrigo Mafra. -- São Paulo : Elo Editora, 2023.

ISBN 978-65-80355-84-6

1. Literatura infantojuvenil I. Shakespeare, William, 1564-1616. II. Mafra, Rodrigo. III. Título.

23-168579 CDD-028.5

Índices para catálogo sistemático:

1. Literatura infantojuvenil 028.5
2. Literatura juvenil 028.5

Cibele Maria Dias - Bibliotecária - CRB-8/9427

Elo Editora Ltda.
Rua Laguna, 404
04728-001 – São Paulo (SP) – Brasil
Telefone: (11) 4858-6606
www.eloeditora.com.br

eloeditora eloeditora eloeditora

Sumário

Literatura que dialoga com quem somos

Eu era adolescente quando me encontrei com Shakespeare pela primeira vez. Sobre a mesa da biblioteca da escola onde eu estudava, vi um livro cuja capa mostrava dois jovens enamorados. Acreditei serem o Romeu e a Julieta do título, então, li a quarta capa e descobri que encontraria naquelas páginas a história de um amor impossível.

Levei *Romeu e Julieta* para casa. Era uma adaptação em prosa, como os livros desta coleção da Elo Editora. Lembro que, a cada página vencida, eu acompanhava, com grande expectativa, a história de amor daqueles dois adolescentes de Verona. Bastou esse primeiro contato com a literatura produzida por William Shakespeare, dramaturgo e poeta que viveu na Inglaterra de meados do século XVI até o início do século XVII, para que eu retornasse à biblioteca de minha escola e convivesse com outras histórias e mais personagens criados pela mente genial desse autor inglês.

Há quem diga que todos os grandes conflitos humanos estão presentes nas obras de Shakespeare: amor, ciúme, desconfiança, traição, inveja, entre tantos outros sentimentos e emoções que constroem quem somos. Embora seus personagens estejam tão distantes de nosso tempo, ele ainda tem o que nos dizer, ainda nos emociona, ainda nos faz torcer para que os heróis superem suas angústias e para que os vilões sejam punidos — punição, aliás, que nem sempre encontraremos na literatura shakespeariana. Um bom livro, creio, é aquele que faz exatamente isto: propõe a reflexão sobre a vida, sobre o universo que nos cerca, extrapolando as fronteiras geográficas, culturais ou temporais.

Um clássico, como disse Italo Calvino, é um livro que nos chega cheio das impressões daqueles que o leram antes de nós. Nesse sentido, ao nos encontrarmos com um clássico, como são as tragédias e as comédias escritas por William Shakespeare, não apenas estamos realizando uma leitura individual, mas também estamos dialogando com as emoções experimentadas pelos personagens — mergulhados em seus dilemas existenciais — e pelos leitores que nos antecederam, e com nossas próprias impressões. Cada vez que releio *Romeu e Julieta*, por exemplo, embora eu conheça todas as peripécias pelas quais passaram os dois protagonistas, vibro com a história de amor adolescente e retorno ao momento de meu primeiro encontro com a literatura de Shakespeare.

Nesta coleção, os textos foram adaptados buscando uma linguagem e uma estrutura que aproximarão você, leitor, da época em que essas histórias foram escritas. Você se apaixonará pelas obras que Shakespeare criou e constatará que um bom livro é, também, um convite para que voltemos a ele, que o queiramos reler no original. E as obras de Shakespeare, para mim, chamam mais e mais leituras.

Otelo, Lady Macbeth, Katherina, Hamlet, Rei Lear, entre tantos outros personagens criados pelo autor inglês, fazem parte (e sempre farão) da minha construção como pessoa, como leitor, como escritor. Nesse sentido, ler Shakespeare é ter contato com uma literatura que dialoga com quem somos e com quem seremos.

Caio Riter
autor, mestre e doutor em
literatura brasileira

Por muitos e muitos anos, duas das famílias mais importantes de Verona, ambas muito dignas e respeitáveis, cultivaram enraizado rancor uma pela outra, enfrentando-se várias vezes e sujando as mãos com sangue inocente.

Foi no seio dessas famílias que nasceu o amor entre dois jovens. Amor destinado ao infortúnio e à desgraça, já que somente a morte dos filhos findaria o ódio dos pais.

É disso que se trata esta tragédia, fadada a marcar para sempre o coração de quem a ler.

I.
O amor

1

Já passava das oito da manhã quando a praça principal ficou rodeada de curiosos. A luz do dia não impediu que os seis rapazes, de espadas e escudos em punho, se enfrentassem. Nem a pena de morte os abalava.

O ódio entre os Montéquios e os Capuletos vinha de longa data. As duas famílias tinham, em comum, muito prestígio na alta sociedade de Verona — uma cidade da região do Vêneto, na Itália — e um passado banhado em sangue. E nem sempre esse sangue era do inimigo.

A inimizade entre as famílias levara Verona a passar por três grandes batalhas civis que dizimaram muitos cidadãos, deixaram órfãos, destruíram famílias. O povo estava cansado daquilo.

Ladeada pelas duas grandes propriedades das famílias rivais, a praça era o centro de convívio e comércio da região e testemunhara todos aqueles acontecimentos. E agora, de um dos lados da praça, neste exato momento, dois criados de cada casa se enfrentavam. Próximo a eles, os jovens Teobaldo Capuleto e Benvólio Montéquio também lutavam, cada qual defendendo a honra de suas famílias.

Atraídos por aquela energia, outros homens se uniram às lutas, procurando fortalecer o lado ao qual serviam. Foram seguidos, pouco depois, por alguns cidadãos que nada tinham a ver com a antiga rixa das famílias, mas que, munidos de porretes e facões, engrossavam o coro ou de "Fora, Capuletos!" ou de "Fora, Montéquios!".

Tudo começou quando os criados dos Capuletos provocaram os dos Montéquios. Sansão queria brigar, odiava os Montéquios com todas as forças, mas sabia que, se infringisse a lei estabelecida pelo príncipe, estaria enrascado. O príncipe proibira os embates entre as duas casas, e a pena para essa contravenção era a morte. Sansão não queria e nem poderia começar a briga, mas nada o impediria de se defender, caso fosse desafiado ou atacado. Ele costumava se gabar de ser um conquistador e dizia que, se decidisse invadir a casa dos Montéquios, mostraria às mocinhas da família no que era realmente bom. Gregório era mais cauteloso, não queria sair prejudicado pela impetuosidade do amigo. Sabia que Sansão falava muito, mas, no fundo, era um covarde. Ao ver os criados da família inimiga se aproximando, os dois rapazes decidiram provocá-los. Se seus desafetos começassem a briga, eles estariam apenas defendendo a própria honra e não seriam culpados. Foi Sansão quem fez o sinal ofensivo: mordeu o polegar quando os criados dos Montéquios passaram.

— O senhor, por acaso, mordeu o dedão para nós? — perguntou Abraão.

Sansão virou-se rapidamente para Gregório e sussurrou:

— Se eu disser que sim, a lei estará do meu lado?

— Não — respondeu Gregório, de olho em Abraão e Baltasar.

Sansão voltou-se para Abraão e aumentou o tom de voz, respondendo com uma atitude debochada:

— Então, não. Estou mordendo o meu polegar, mas não tem nada a ver com vocês.

— Por que perguntam? Estão querendo briga? — provocou Gregório, apoiando a mão sobre o cabo da espada.

Eles continuaram a se provocar por um bom tempo. Com os ânimos acirrados, os quatro acabaram sacando as espadas simultaneamente. Ao sinal de Sansão, Gregório deu um golpe atravessado no inimigo. O som metálico do atrito das armas rapidamente se espalhou pelo ar, cortando o silêncio da manhã.

— Parem! Estão malucos? Guardem as armas! — Benvólio Montéquio se aproximou, usando sua espada para apartar a briga.

Teobaldo Capuleto, que vinha chegando e deparou com Benvólio, espada em riste diante dos homens de sua casa, partiu para a luta e o ameaçou de morte. Benvólio insistiu que estava em missão de paz, que tentava impedir a luta, mas Teobaldo se recusou a acreditar nele.

E foi assim que o caos se instalou na praça.

Tamanha foi a confusão e a gritaria, cada vez com mais homens se juntando à briga, que o casal Capuleto não demorou a aparecer no pórtico do casarão. O patriarca dos Capuletos estava velho e tinha dificuldade de andar; foi a esposa quem o amparou.

— Minha espada! Tragam minha espada! — Capuleto gritou furioso para os criados.

Em vez da espada, a senhora Capuleto lhe entregou um par de muletas e o impediu de enfrentar o patriarca dos Montéquios, que também havia saído de seu casarão, do outro lado da praça, de espada em punho, seguido, igualmente, pela mulher.

— Capuleto, seu canalha! — gritou o velho Montéquio, virando-se para a mulher, que se colocava à sua frente, de braços abertos, para que ele não avançasse. — Deixe-me passar!

As coisas se acalmaram como em um passe de mágica. As armas foram baixadas e um silêncio sepulcral tomou conta da praça. Todos olharam para a mesma direção, a entrada do largo, onde se via a comitiva real voltando de um passeio com o príncipe Éscalus.

Furioso com a desobediência às suas ordens para que não houvesse mais disputas entre as duas famílias, Éscalus ordenou a Capuleto que o acompanhasse, que Montéquio comparecesse ao tribunal naquela mesma tarde e que todos os outros sumissem dali.

— Se perturbarem a paz de nossas ruas novamente, pagarão com a própria vida! — ameaçou o príncipe, dirigindo-se aos dois chefes das famílias.

A multidão se dispersou imediatamente e, com ela, a família Capuleto, que recebeu o príncipe em sua casa. Não havia sinal de Sansão nem de Gregório. Eles desapareceram na primeira oportunidade. Certamente ninguém os encontraria durante algumas horas.

Os Montéquios também se retiraram para sua propriedade, acomodando-se nos bancos de um jardim. Ainda atordoado com o acontecido, Montéquio voltou-se para o sobrinho, exigindo uma explicação.

— Tio, quando cheguei, os criados dos Capuletos já estavam lutando com os nossos criados — explicou Benvólio com sinceridade. — Eu só tentei apartá-los, mas parece que Teobaldo ansiava por uma oportunidade de brigar e chegou me atacando e cortando, com a espada, o ar sobre a minha cabeça. Precisei me defender.

O tio balançou a cabeça, compreensivo, concordando com o sobrinho.

Duas criadas se aproximaram deles. Traziam uma bandeja com refrescos e lanches e a colocaram sobre a mesinha do jardim. Montéquio se serviu de uma bebida, que tomou em dois goles.

— Onde está Romeu? Você já o viu hoje, Benvólio? — perguntou a senhora Montéquio, olhando apreensiva para a entrada.

— Saiu bem cedo, tia. Quando fui fazer minha caminhada matinal pelo bosque, ele estava lá, sentado embaixo de uma árvore. Tentei me aproximar, mas ele se afastou. Ele não sabia que eu o tinha visto.

— Estou preocupado com meu filho — lamentou-se Montéquio. — Ele passa muitas manhãs no bosque, e noto que está distraído demais ultimamente. Já o vi até suspirando pelos cantos. Tranca-se cedo no quarto e fica muito tempo sozinho. Tentei saber o que se passa e até aconselhá-lo, mas ele não falou nada nem quis me ouvir.

— Deixe que eu converso com ele, tio — prometeu Benvólio, servindo-se de um refresco. O rapaz ficou ali por um bom tempo, após os tios se retirarem. Não demorou para que o primo chegasse, cabisbaixo.

Romeu lembrava uma sombra de si mesmo: olhos fundos, ombros caídos, semblante triste. Restara muito pouco do rapaz admirado em toda a Verona por seu caráter e sua beleza, que irradiava alegria no olhar e no sorriso cativante. Para Benvólio, que conhecia muito bem o primo, só havia uma explicação: Romeu estava apaixonado. Mas, ainda assim, havia algo errado. Que garota resistiria aos encantos de Romeu? Ele ainda não ouvira falar de nenhuma.

— Quero conversar com você, primo — disse Benvólio, praticamente se jogando na frente de Romeu, que já entrava no salão sem o notar. — Tenho achado você diferente. Parece triste, distraído. Está com algum problema?

— São essas horas que não passam, primo... — respondeu Romeu, respirando fundo e acompanhando o primo, que o puxava pelo braço até o jardim. — É triste a dor de um amor não correspondido.

— Qual é a dificuldade, Romeu? — Benvólio estava surpreso. — Por que não faz alguma coisa para conquistá-la?

Romeu parecia se mover em câmera lenta. Passou a mão pela mecha de cabelo que teimava em cair no rosto, sentou-se no banco que estava à sombra de uma grande árvore, apoiou o cotovelo nos joelhos e mergulhou a cabeça entre as mãos.

— Ela fez voto de castidade — revelou, desolado. — Jurou viver casta e pura para sempre.

— Se é assim, esqueça-a. Você precisa conhecer outras garotas — Benvólio falou em um tom animado. — Nada como um novo amor para se esquecer de outro.

Romeu levantou a cabeça, desanimado, e o olhou.

— Impossível! Ninguém é tão bela e tão perfeita quanto Rosalina.

— Pois isso é o que vamos ver! — disse Benvólio, já arquitetando um plano para ajudar o primo a esquecer aquela garota.

2

Pelas ruas de Verona, Capuleto caminhava angustiado. Acompanhado por um criado e por Páris, sobrinho do príncipe, retornava para casa após a visita ao palácio. Estava velho e cansado de tantas intrigas e batalhas. Há muito queria a paz e sabia que Montéquio desejava o mesmo, mas ambos estavam de mãos atadas. Eles eram os culpados pela situação em que se encontravam, com tanto ódio enraizado entre as famílias e os agregados. Era impossível voltar atrás, mas Capuleto era um homem honrado e, embora não tivesse afeto por Montéquio, não queria começar outra guerra. Ainda mais depois da ameaça que o príncipe fizera na praça.

Caminhando a seu lado, Páris aguardava ansioso o momento oportuno de tocar no assunto delicado, motivo pelo qual havia acompanhado Capuleto até ali.

— É uma pena que essa situação dure há tanto tempo — lamentou Páris, iniciando um diálogo, embora quisesse tratar de um assunto muito diferente. Capuleto apenas assentiu com a cabeça. — O senhor já tem uma resposta para aquele meu pedido? — Páris finalmente perguntou, sem conseguir conter a ansiedade.

— Meu caro Páris — começou Capuleto, tranquilamente, sem diminuir o passo. — Como lhe disse da outra vez, minha filha ainda é muito nova. Nem sequer completou catorze anos. Eu gostaria que ela se casasse apenas daqui a uns dois anos.

— Mas muitas moças da idade dela estão casadas e já são até mães — insistiu Páris, sem disfarçar a contrariedade.

— É por isso que são tão desmioladas — retrucou Capuleto, parando por um instante para olhar nos olhos do rapaz antes de continuar, em um tom muito sério. — Julieta é tudo o que me resta nesta vida, minha única filha. Já enterrei todos os outros — explicou, pesaroso, e, diante do olhar desolado de Páris, contemporizou. — Mas não desista, meu jovem. Ela é livre para decidir, embora o consentimento final seja meu. Conquiste-a e terá meio caminho andado.

Páris não se animou muito com a resposta. Não era exatamente o que esperava. Tinha esperanças de que seu título de conde e o parentesco com o príncipe ajudassem Capuleto a mudar de opinião.

— Anime-se, Páris — insistiu Capuleto, ao notar o semblante perturbado do rapaz. — Hoje à noite darei um grande baile em minha casa. Você é meu convidado. Lá estarão as mais belas jovens de Verona e você poderá escolher, entre muitas, a que mais toca o seu coração — Capuleto deu o assunto por encerrado e virou-se, gesticulando para que o criado, que caminhava a alguns passos de distância, se aproximasse. Obediente, o rapaz correu até o seu senhor e este lhe entregou uma lista com os nomes dos convidados.

— Vá rápido, pajem, e diga a todos os convidados que não faltem ao baile que darei esta noite. Aqui está a lista. Cuidado, não a perca.

Capuleto e Páris entraram em um estabelecimento e deixaram o criado para trás. Assim que se viu só, o rapaz entrou em pânico. Olhou de um lado para o outro, coçou a cabeça, foi até um canto da praça e começou a falar sozinho.

— Veja se pode uma coisa dessas! Como é que eu vou saber quem é que tenho que convidar para o baile se os nomes estão todos escritos neste papel e eu não sei ler? O que eu vou fazer agora?

O rapaz não era alfabetizado, mas era esperto e logo concluiu que precisava encontrar alguém que o ajudasse. Porém, como estava muito cansado para pensar, sentou-se em um dos bancos e deixou o tempo passar.

Benvólio e Romeu atravessavam a praça em direção a outra parte da cidade naquele instante. Benvólio ainda tentava convencer Romeu de que aquela paixão por Rosalina lhe fazia mal, que era quase como uma doença, que não trazia nada de bom, apenas dor, angústia e sofrimento, e que ele precisava esquecê-la.

Romeu, que estava distraído, os pensamentos todos em Rosalina, só ouviu partes do discurso do primo: "*fazia mal... doença... dor... angústia... sofrimento...*".

— Ouvi dizer que chá de hortelã é bom para isso — disse Romeu.

— Bom para o quê?! — Benvólio parou de repente e olhou espantado para o primo.

— Para dor de barriga. Chá de hortelã é ótimo.

— Ficou maluco, Romeu? Do que você está falando?

Romeu baixou a cabeça e passou as mãos pelos cabelos.

— Pior que isso — sussurrou. — Estou louco de amor.

Benvólio preparou-se para começar outro discurso sobre juventude e namoro, sobre todas as lindas moças do mundo, quando foi interrompido pelo pajem.

— Com licença, o senhor sabe ler? — o criado dos Capuletos perguntou a Romeu.

— Até a minha pobre sorte desgraçada — lamentou-se Romeu, ainda com a cabeça nas nuvens.

— Mas o senhor sabe ler qualquer coisa? — certificou-se o rapaz.

— Se for em letra e língua que eu conheça — disse Romeu, em um tom desanimado.

— Deixe para lá, então — disse o pajem, se virando para ir embora. Afinal, os rabiscos no papel não deviam ser conhecidos daquele jovem.

— Volte aqui, rapaz. Eu sei ler — Romeu riu, tirou a lista da mão do pajem e leu em voz alta os nomes dos convidados.

O nome de Rosalina, sobrinha dos Capuletos, se destacou entre todos os outros e Romeu sentiu uma ponta de esperança nascer em seu peito.

— Um grande baile na casa dos Capuletos! — exclamou Romeu, cheio de ideias.

— Pois, se o senhor não for um Montéquio, também está convidado — afirmou o pajem, guardando o papel no bolso e seguindo seu caminho após agradecer a Romeu com um gesto de cabeça.

— O que acha, primo? — perguntou Romeu, virando-se para Benvólio, que ficara o tempo todo calado.

— Acho que você deve ir. Iremos juntos. De máscara, ficaremos irreconhecíveis e ninguém saberá que somos Montéquios. Quem sabe assim você não enxergará de uma vez por todas que há garotas muito mais bonitas e interessantes do que Rosalina?

Romeu respirou fundo e sorriu para Benvólio, pois não queria discutir, muito menos ouvir novamente todo o discurso sobre precisar de um amor para esquecer outro. Estava decidido que iria ao baile, mas por outros motivos. Tinha esperança de conquistar de vez o coração da moça. Para ele, não existia no mundo criatura mais bela e mais perfeita que Rosalina.

3

Era uma agradável noite de verão. O céu estrelado e a temperatura amena contribuíam para que a noite fosse perfeita para um baile de máscaras.

Na casa dos Capuletos, todos trabalhavam nos últimos preparativos para a festa. Os criados corriam para lá e para cá, organizando cada detalhe, ajeitando os móveis e os arranjos de flores em seus devidos lugares e colocando as bandejas com aperitivos em locais estratégicos, para que todos os convidados fossem bem servidos.

O salão principal, ricamente decorado, pé-direito alto e belas colunas trabalhadas por artistas de renome, havia sido destinado às danças. Nos salões menores, adjacentes a esse, os móveis foram movidos e reorganizados, para que os convidados pudessem comer e conversar. Mas não era apenas ali que o movimento era grande. Na cozinha, cozinheiros, ajudantes e copeiros se empenhavam nas últimas preparações dos pratos para o banquete.

A senhora Capuleto estava impecável. Seu vestido era elegante, e seu penteado, elaborado. Acabara de supervisionar tudo pessoalmente quando deu por falta da filha e pediu à ama que a acompanhasse para ver se Julieta estava pronta. As duas atravessaram os salões onde aconteceria o baile e chegaram ao pátio interno, que dava para os aposentos dos donos da casa; dali, seguiram para o quarto de vestir de Julieta, onde a menina se arrumava.

A ama era uma mulher espalhafatosa, que falava demais e não media as palavras. Trabalhava para a família dos Capuletos havia muitos anos e, por ter sido ama de leite de Julieta, tinha certos privilégios na casa, e a senhora Capuleto a tolerava. Julieta era uma linda moça, única filha dos Capuletos. Meiga, gentil e delicada, era o orgulho de seus pais, que tudo faziam para agradá-la e vê-la feliz.

A senhora Capuleto estava ansiosa, precisava conversar com a filha, e adiara tanto aquele momento porque não sabia qual seria a reação dela. Mas faltavam apenas vinte dias para Julieta completar catorze anos, não havia mais por que esperar. Chegou a pensar em lhe falar em segredo, mas precisava admitir que a ama conhecia sua filha melhor que ela mesma, já que era quem mais convivia com a jovem. Ela, certamente, seria um bom apoio naquele assunto delicado.

Julieta usava um vestido esvoaçante, que realçava ainda mais sua beleza juvenil. Os longos cabelos recebiam os retoques finais de duas criadas que a auxiliavam com o penteado. Com um gesto da senhora Capuleto, elas terminaram de colocar os últimos grampos dourados e se retiraram para se dedicarem a outros afazeres. A mãe de Julieta ficou admirando a beleza da filha, que, naquela noite, estava ainda mais realçada, enquanto pensava em como abordar o assunto que a levara até ali. A ama, ao seu lado, falava aos borbotões. Começara a tagarelar assim que saíram do salão de baile e não parara mais. Mal respirava entre as frases, emendando um assunto no outro.

— Ah, senhora, me lembro bem do dia em que a menina nasceu. Lembro, sim! Juro por catorze destes meus dentes, que, na verdade, são quatro — a ama disse a última frase quase para si mesma. — E ela ainda nem fez catorze anos. Foi no dia primeiro de agosto que nasceram as duas; ela e a minha Susana, que Deus a tenha. Nunca me esqueço de nada. Eu me lembro até do dia em que Julieta desmamou: há exatos onze anos. Foi só eu besuntar um óleo amargo e pronto, ela fez uma careta e largou o peito. A menina andava direitinho naquela época, mas naquele dia levou um baita tombo e caiu de cara no chão. Foi meu marido, que Deus o tenha, quem a levantou. Eu não me esqueço disso também, me lembro daquele dia como se tivesse sido ontem e...

A senhora Capuleto estava estressada. Não aguentava mais ouvir o falatório da ama.

— Como fala! — suspirou a senhora. — Silêncio, ama, por favor — pediu com delicadeza, mas firme.

A mulher, porém, não lhe deu ouvidos e continuou falando sem parar.

— ... foi tão engraçado, a menina ali de cara no chão, com um galo enorme na cabeça! Mas a coitadinha engoliu o choro. Daí o meu marido disse, ah, foi tão engraçado isso, ele completou: “Caindo assim de cara, Juju? Aposto que, quando for moça, só vai cair de costas”.

— Chega, ama! — exclamou Julieta, aborrecida. A mulher se calou imediatamente, após a ordem de quem considerava sua verdadeira senhora.

— Tão linda essa menina! — disse a ama, em tom de nostalgia, para fechar o assunto. — E pensar que fui eu quem cuidou dela. Meu sonho é vê-la vestida de noiva — disse e enxugou uma lágrima fictícia, silenciando-se.

— Pois é sobre isso que quero lhe falar, filha — a senhora Capuleto finalmente conseguiu dizer. — Sobre seu casamento — pegando a filha pelo braço, caminhou a seu lado até um dos bancos do pátio, onde se sentaram. A ama as seguiu, mesmo sem ter sido convidada.

— O que acha, filha? — continuou a senhora Capuleto.

— Na verdade, nunca pensei nisso, mamãe — confessou Julieta.

— Pois, então, na sua idade, eu já era mãe. Está na hora de você pensar no futuro, em se casar, em começar uma família.

Medindo bem as palavras, a senhora Capuleto explicou para Julieta que o conde Páris estava apaixonado e queria se casar com ela. Falou-lhe sobre as obrigações de uma filha para com os pais e sobre como os pais sabem o que é melhor para as filhas. Reforçou ainda como Páris era um bom partido e que, certamente, daria um excelente marido.

Embora Julieta nunca tivesse pensado em casamento, concordou com a mãe que talvez estivesse na hora de se casar. Afinal, muitas de suas amigas de infância já estavam casadas e algumas tinham até filhos. Para ela, o que a mãe decidisse estava bom. Era uma filha muito obediente.

— Ai, que homem lindo é esse senhor Páris! — suspirou a ama, com a mão sobre o peito. — Não há partido melhor em toda a Verona.

A senhora Capuleto convenceu Julieta a dar atenção a Páris durante o baile e a reparar em seus modos, sua beleza e educação. Quem sabe, assim, ficaria logo apaixonada?

— Você acha que é possível amá-lo? — a mãe perguntou a Julieta.

— Acho que sim, mamãe. Quando olhar para ele, vou saber se estou apaixonada. Farei o que quiser para agradá-la, mamãe, e não vou além do que a senhora me permitir.

A senhora Capuleto abraçou a filha, tocada por tamanha devoção e obediência. A ama, ainda mais emocionada que a patroa, lançou-se sobre aquele abraço, o que formou um estranho aglomerado de abraços. No entanto, afastou-se rapidamente ao notar o olhar reprovador da senhora. Julieta riu. A falta de jeito da ama sempre a fazia rir.

As mulheres foram interrompidas por um criado. Ele tinha ido avisá-las de que estava tudo pronto, que os convidados começavam a chegar e que a ama também era aguardada na cozinha, pois lá a confusão estava instalada e os criados corriam de um lado para o outro sem saber exatamente o que fazer.

— Sorria, Julieta — aconselhou a mãe, dando os últimos retoques no vestido da filha. — O conde a aguarda, ansioso. E apaixonado.

— Pelo jeito, a noite vai ser boa — completou a ama, saindo apressada em direção à cozinha.

4

Um grupo de oito rapazes seguia animado pelas ruas, carregando tochas para iluminar o caminho. Eles iam em direção à casa dos Capuletos, embora não fossem convidados oficiais do evento. Eram todos da família ou ligados à casa dos Montéquios. Entre eles, estavam Romeu, ansioso pela oportunidade de rever Rosalina, e também Benvólio e Mercúcio, um parente do príncipe que era grande amigo de Romeu. Esses três seguiam atrás dos outros rapazes.

Todos tinham se reunido para buscar Mercúcio no palácio e, agora, precisavam caminhar alguns quarteirões até chegarem ao baile. Eles usavam máscaras. Era costume entre os jovens usá-las durante os bailes e, além disso, era uma maneira de não serem reconhecidos. Não pretendiam demorar lá. A ideia era dançar um pouco e sair sem serem notados.

Romeu estava inseguro. Temia que fossem reconhecidos, mesmo usando máscaras, e sugeriu que ensaiassem o que diriam para entrar no baile. Benvólio, por sua vez, estava certo de que entrariam sem dificuldade; afinal, era uma noite de alegria, e todos seriam bem-vindos. Além disso, era inimaginável que um Montéquio ousasse entrar na casa dos Capuletos sem ser convidado.

— Sinto minha alma pesada e sombria — Romeu desabafou. Benvólio e Mercúcio eram seus melhores amigos, e ele se sentia à vontade para falar com eles sobre qualquer coisa.

— Romeu, pare de sofrer por essa Rosalina — disse Benvólio. — Você vai ver como será fácil esquecê-la quando conhecer outras garotas no baile.

— Muito mais bonitas e interessantes — completou Mercúcio.

Romeu se aborreceu um pouco com a insistência dos dois, mas não disse nada, apenas acelerou o passo e arrancou uma tocha da mão de um primo que seguia mais à frente.

— Você não vai carregar a tocha hoje — sentenciou Mercúcio, tirando-a da mão de Romeu para devolvê-la ao outro rapaz. — Precisa estar com as mãos livres para dançar — disse, e sorriu para o amigo de um jeito malicioso.

— Não quero dançar nem me divertir — disse Romeu, desanimado. — Meus pés estão grudados no chão e mal posso andar. É como se a flecha do Cupido tivesse me acertado em cheio e me deixado pesado, preso à terra. Não posso dançar. — Romeu respirou fundo, desmanchando os cabelos com a mão, tamanha era a angústia que sentia. — Esse amor faz com que eu me sinta mal, de coração apertado. Como se espinhos espetassem o meu corpo todo.

— Então, faça o mesmo com ele. Acabe com esse amor que está acabando com você. Você precisa dançar, se divertir — insistiu Mercúcio.

Romeu queria levar a tocha e usar isso como desculpa para não dançar. Mas seus amigos o impediram e garantiram que ele se divertiria, sim, quisesse ou não, e esqueceria aquela paixão doentia.

Os outros cinco rapazes que caminhavam à frente deles, alheios às lamentações de Romeu, estavam eufóricos com a oportunidade única de entrar na casa do maior inimigo de sua família sem serem reconhecidos. Já experimentavam uma prévia disso ali mesmo, diante dos olhares curiosos das pessoas na rua que tentavam decifrar quem seriam aqueles rapazes tão elegantes.

O movimento estava grande naquela noite, pois as melhores famílias de Verona tinham sido convidadas, e as que não o foram se empilhavam pelas ruas para ver os outros passarem e reparar em seus modos e nas roupas e joias que usavam, o que certamente seria motivo de fofoca durante a semana seguinte.

— Tem outra coisa me preocupando — Romeu, em uma pausa dramática, parou de caminhar por um instante. — Tive um sonho estranho esta noite. Talvez não seja certo ir a esse baile.

— Seu sonho não foi mais misterioso do que o meu — disse Mercúcio, fingindo não ter ouvido a última frase do amigo. Ele agarrou o braço de Romeu e praticamente o arrastou nos passos seguintes.

— Sonhou o quê? — perguntou Romeu, curioso, retomando o ritmo da caminhada. Mercúcio sabia como deixá-lo interessado em uma conversa.

— Que os sonhos mentem.

— Mas o sonho é real para quem está sonhando — analisou Romeu.

Mercúcio sorriu, satisfeito por ter conseguido atrair a atenção de Romeu e Benvólio, que também aguardava curioso pela história.

— Sonhei que a rainha Mab visitava você — disse Mercúcio a Romeu. — Mab é a rainha das fadas. Tão pequenina que viaja em uma carruagem feita da casca de uma avelã. Durante a noite, ela cavalga e distribui sonhos por onde passa. Ao visitar a mente dos apaixonados, faz nascer os sonhos de amor. Ao pousar no dedo dos advogados, os faz sonhar com enormes fortunas. E, se os lábios das moças sonham beijos, Mab se zanga e faz nascer bolhas naquelas cujos lábios estiverem lambuzados de doces. Quando passa voando pelo pescoço de um soldado, o faz sonhar com o inimigo degolado ou com lutas, emboscadas e bebedeiras; e, quando ele está bem entretido com o sonho, Mab faz soar trombetas nos ouvidos dele. Ele desperta assustado, reza e dorme novamente. Essa é a mesma Mab que embaraça a crina dos cavalos e que, disfarçada de velha, deita sobre a moça que dorme de costas, para que ela se acostume a carregar outros pesos. É também ela que...

— Chega, Mercúcio! — Romeu o interrompeu, sem paciência. — Não faz sentido nenhum o que você está falando.

— É porque falo de sonhos. Eles são assim, feitos de fantasias, mais leves que o ar. Qualquer brisa os leva embora, mas, se ficam irritados, voltam bufando.

— Estamos atrasados, vamos apertar o passo! — Benvólio os apressou e, aumentando o tom de voz, falou para todos: — Assim que estivermos lá dentro, cada um estará à própria sorte.

— Estou com um mau pressentimento — Romeu voltou a aparentar preocupação. — Tenho a sensação de que esta noite me reserva algo ruim.

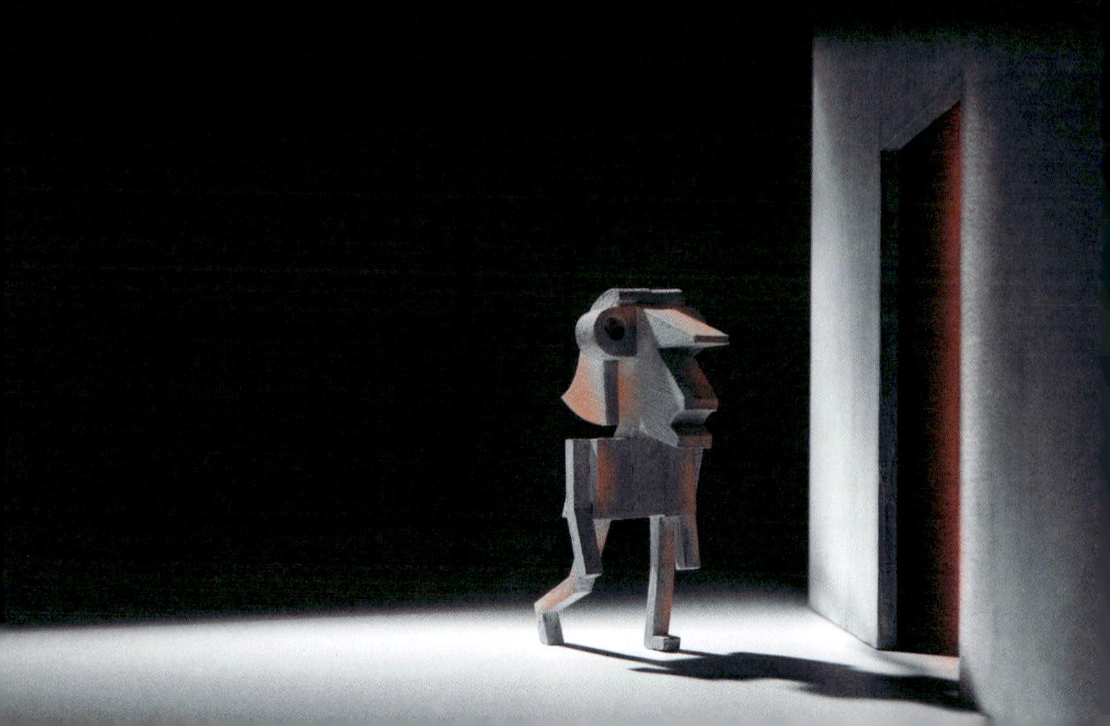

5

O baile já estava animado quando os rapazes chegaram. A boa música alegrava o ambiente, e os convidados estavam dispersos por toda parte, conversando e comendo. Todos usavam suas melhores roupas e joias para prestigiar uma das mais importantes famílias de Verona. Muitos deles também usavam máscaras. Os criados se empenhavam para que o serviço fosse perfeito, recolhendo a louça usada, repondo bandejas e cuidando para que tudo estivesse limpo e organizado, sem migalhas ou restos espalhados. Discretamente, um dos criados separava alguns delicados marzipãs e os colocava no bolso para comer mais tarde.

Foi o próprio dono da casa quem recebeu os rapazes. Muito animado, e sem fazer ideia de que se tratava dos Montéquios, Capuleto os convidou para o salão e recomendou que se divertissem, dançassem, comessem e bebessem à vontade. Romeu apertou a mão do inimigo de seu pai. Um calafrio percorreu sua espinha quando os olhares se cruzaram, mas Capuleto não o reconheceu.

— Aqui as moças não têm calos nos pés e adoram dançar — brincou o dono da casa, cumprimentando um a um. — Ah, como é bom ser jovem! Foi-se o tempo em que eu usava máscara para sussurrar palavras bonitas no ouvido das moças.

Capuleto estava tão alegre que até abrira mão de usar suas muletas naquela noite. No lugar delas, escolhera se apoiar em uma bela bengala de madeira nobre, decorada com uma enorme pedra preciosa.

Os músicos começaram a tocar uma valsa e, em poucos instantes, o salão foi tomado por casais. O grupo de rapazes se separou, cada um com os próprios interesses. Benvólio e Mercúcio logo se distraíram com algumas moças, que aguardavam ansiosas por um convite para dançar. Romeu, de coração acelerado, corria os olhos pelo salão em busca de Rosalina.

Capuleto continuou perto da porta de entrada, recebendo os convidados ao mesmo tempo que dava ordens aos criados. Queria que aquela noite fosse perfeita e que todos se divertissem.

— Mais luz! Apaguem a lareira! Não estão vendo como está calor?

Embora agitadíssimo, Capuleto não perdia o bom humor. Estava feliz por ter uma festa entre amigos. Só descansou um pouco quando seu primo chegou. Faz muito tempo que Capuleto não o via, então aproveitou para se sentar e comer e beber em boa companhia.

— Sente-se aqui, primo. Não temos mais idade para dançar. Nem lembro a última vez que usamos máscaras.

— Eu lembro muito bem — respondeu o primo, tão idoso quanto Capuleto, servindo-se de algumas guloseimas oferecidas por um dos criados. — Foi há uns trinta anos.

— O que é isso, primo?! — espantou-se Capuleto. — Não faz tanto tempo assim. Foi no casamento do Lucêncio — para Capuleto, Lucêncio continuava sendo pouco mais que um menino.

— Então faz mais tempo ainda — insistiu o outro, de boca cheia. — O filho do Lucêncio já tem trinta anos, imagine quando foi esse casamento!

— Nossa, como o tempo passa rápido! — exclamou Capuleto, pensativo, alisando a bengala ao seu lado e sentindo-se ainda mais velho do que realmente era.

Do outro lado do salão, após percorrer todas as mesas, Romeu procurava por sua amada entre os casais que dançavam, quando viu algo que o fez prender a respiração por alguns segundos. Uma moça muito mais bonita que Rosalina, capaz de ofuscá-la completamente, na verdade. Foi como se Romeu tivesse sido atingido por um raio, como se a vida nunca tivesse feito sentido até aquele momento. Em um gesto impensado, ele segurou um dos criados, que passava carregando uma bandeja com uma pilha de marzipãs, e quase derrubou o rapaz.

— Você sabe quem é aquela moça?

— Não, senhor, nunca a vi — respondeu o criado, mal-humorado, sem olhar direito para a moça. Tinha de voltar para a cozinha e refazer a pilha de marzipãs na bandeja novamente.

"Como acreditei já ter amado? Eu não conhecia o amor de verdade até este momento", pensou Romeu, lembrando que Benvólio havia previsto que ele esqueceria Rosalina ao ver outras moças mais bonitas. Romeu sorriu. Aquela moça era diferente. Ele sabia que o que sentia era amor de verdade. Amor à primeira vista.

Teobaldo, sobrinho da senhora Capuleto, passava ao lado de Romeu quando o ouviu conversando com um dos rapazes que o acompanhara até o baile.

— Você precisa ver, ela é tão linda. Parece uma pomba delicada entre gralhas. Assim que acabar esta música, vou dar um jeito de falar com ela.

Teobaldo reconheceria aquela voz em qualquer lugar. O sangue começou a ferver em suas veias, e a raiva, a crescer em seu peito.

— Um Montéquio! — exclamou, visivelmente alterado, para o pajem ao seu lado. — É muita cara de pau vir até aqui, mascarado, debochar do nosso baile. Pois, se ele veio ao baile sem ser convidado, tenho o direito de matá-lo. Vá buscar o meu punhal imediatamente! — ordenou, espumando pela boca, tamanho era o seu ódio.

O pajem se afastou a passos largos. Teobaldo pegou uma taça de vinho da bandeja e bebeu de uma só vez. Então, devolveu a taça à bandeja e serviu-se de outra. Alguns convidados notaram e começaram a cochichar e apontar para Teobaldo.

Percebendo a agitação do sobrinho, Capuleto foi até ele preocupado, abrindo um sorriso forçado para todos em quem esbarrava pelo caminho.

— O que foi, Teobaldo? Que confusão é essa? Algum problema?

Teobaldo estava irritadíssimo. Seus olhos, avermelhados, faiscavam, e os punhos estavam fechados com tamanha força que as mãos haviam mudado de cor.

— É um Montéquio, tio. Um sem-vergonha que teve a audácia de entrar aqui, sem ser convidado, só para rir às nossas custas e, certamente, estragar a nossa festa.

Capuleto acompanhou o olhar do sobrinho e reconheceu o jovem pelo jeito elegante de andar e de se portar. Estava acostumado a vê-lo pela cidade desde criança.

— Sim, estou vendo que é Romeu — afirmou Capuleto.

— Isso mesmo, tio. Romeu, aquele miserável! — vociferou Teobaldo, destilando ódio.

Romeu, sem notar que estava sendo observado, passeava tranquilamente ao redor do salão de baile. Estava encantado com Julieta, que ainda dançava com outro rapaz, sem perceber que era admirada.

Capuleto adotou uma expressão muito séria, olhou para o sobrinho e puxou-o levemente para o canto para lhe falar, tentando não chamar a atenção dos convidados, que já haviam se distraído novamente com outros assuntos.

— Acalme os ânimos e deixe-o em paz, Teobaldo. Não quero confusão na minha festa. Hoje é um dia para nos divertirmos. Apesar de ser um Montéquio, todos em Verona sabem que Romeu é um jovem educado. Um perfeito cavalheiro. Além do mais, está se portando respeitosamente. Então, trate de fazer o mesmo. Respeite a minha vontade, melhore essa cara e vá se divertir.

— Eu não aturo gente da laia dele — resmungou o sobrinho, um pouco desapontado por não ser compreendido.

— Pois vai ter de aturar. A casa é minha e exijo respeito. Isso é uma ordem.

Teobaldo insistiu mais um pouco, mas o tio estava firme e ameaçou expulsá-lo da festa se não se comportasse. O tio disfarçou o descontentamento, colocou um sorriso no rosto e deixou Teobaldo sozinho, cumprimentando todos e pedindo aos criados que melhorassem a iluminação do salão. O rapaz se retirou, irritado. Estava louco por uma briga.

Romeu não se deu conta de nada do que se passava ao seu redor, pois só tinha olhos para Julieta, que terminara a dança e tomava um refresco com uma amiga. Caminhou lentamente em direção a ela, na esperança de que a outra moça a deixasse sozinha para que ele pudesse, então, se aproximar. Assim que a moça se afastou, Julieta se viu diante do rapaz mais bonito da festa. Romeu tinha tirado a máscara por uns instantes e a segurava contra o peito. A paixão arrebatadora o tornara destemido, mas ele sabia que estavam posicionados atrás de um conjunto de largas colunas de mármore, o que lhes dava maior privacidade.

Romeu se encheu de coragem, aproximou-se mais um pouco de Julieta e segurou a mão dela. Ela o olhou espantada e seus olhos se perderam nos dele. Romeu a comparou com algo sagrado e puro.

— Espero que não se ofenda por eu pegar sua linda mão. Se é errado, quero pagar pelo meu erro com um beijo delicado.

— Muito pelo contrário, até que beijar a mão é algo muito respeitoso — Julieta sorriu.

— E se o beijo fosse nos lábios? — Romeu arriscou. Julieta enrubesceu, mas sorriu. Romeu não pôde mais se conter e tocou os lábios levemente nos dela. — Isso não pode ser errado.

— Não, não pode — ela respondeu, sem pensar em nada, e se beijaram novamente.

E ficariam ali para sempre, se beijando, não fosse a ama chegar e interrompê-los.

— Julieta! Sua mãe pede sua presença no salão.

Sem se incomodar por ter sido flagrada naquela situação — a ama era também sua confidente e de sua inteira confiança —, mas sabendo que a mãe não admitia ficar esperando, Julieta saiu apressada e nem se despediu de Romeu, que permaneceu ali, no mesmo lugar, aguardando que ela voltasse. A ama também não se retirou e o observou como se o examinasse por dentro. E ela gostava muito do que estava vendo.

— Quem é a mãe dela? — perguntou Romeu, por mera curiosidade, recolocando a máscara. Queria saber quem era aquela moça tão linda por quem estava perdidamente apaixonado.

— Ora essa, meu rapaz, a mãe dela é a dona desta casa, uma senhora muito rica. O jovem que se casar com Julieta ficará rico também.

Romeu perdeu a cor. De repente, tudo ficou sombrio e confuso novamente. O ar pesou em seu peito e o coração pareceu parar de bater por um instante.

— Quer dizer que ela é uma Capuleto? — murmurou, sem precisar ouvir a resposta.

"Estou perdido! Agora, minha vida pertence a ela, à filha de meu inimigo", Romeu pensou, angustiado.

Benvólio, que não havia notado nada do que se passara com Romeu, chamou-o para ir embora antes que fossem descobertos. Mas o senhor Capuleto os interrompeu e os convidou para a ceia. Estava tão feliz por tudo estar saindo bem que esquecera que se tratava dos Montéquios. Um amigo, no entanto, percebendo sua imprudência, lembrou-lhe de quem eram os rapazes. Capuleto não se alterou nem fez escândalo. Não queria estragar a festa e, além disso, era um homem educado. Fato era que os rapazes não haviam causado nenhum problema, mas, como agora sabia *oficialmente* à qual família pertenciam, não podia tratá-los como amigos. Sua decisão, então, foi acabar com a festa imediatamente.

— Obrigado pela visita, senhoras e senhores. Está muito tarde e preciso descansar. Boa noite a todos.

Os convidados nada entenderam e começaram a deixar o palácio.

Assim que se desvencilhou da mãe, Julieta voltou correndo para o lugar onde havia deixado Romeu, mas ele não estava mais lá. Ela, então, pediu à ama que descobrisse quem ele era e se era casado. A ama foi e voltou rapidamente com a informação.

— Ele é solteiro. O nome dele é Romeu e é filho do senhor Montéquio — aquela notícia foi um baque no coração da moça.

— Quer dizer que estou apaixonada pelo inimigo do meu pai? — Julieta apoiou-se em uma das colunas de mármore para não cair. Em seguida, dirigiu-se a seus aposentos na companhia da ama. Queria ficar sozinha para pensar em Romeu e nos beijos que trocaram. Por um momento, esqueceu completamente à qual família ele pertencia.

II.
O casamento

1

Romeu desceu os degraus do palácio e caminhou pelo jardim como se restasse dele apenas sua sombra. Alheio a tudo e a todos, nem se lembrou dos amigos que o acompanharam até ali. Rosalina, se comparada a Julieta, era até muito feia e ele não sabia como explicar o que sentiu por ela, se só agora conhecia, de verdade, o que era o amor. Benvólio estava certo quando disse que um novo amor o faria esquecer o antigo. Desta vez, ele se sentia amado e querido. Julieta o amava, ele tinha certeza.

Romeu se dirigia para o portão de saída quando parou no meio do jardim. Estava decidido a não ir embora. Procuraria Julieta onde quer que ela estivesse. Não tinha escolha, havia deixado seu coração ali. Precisava falar com ela novamente, beijar aqueles lábios...

Benvólio e Mercúcio o procuraram por toda parte, mas não o encontraram. As portas da casa se fecharam e o jardim estava praticamente vazio. Mercúcio estava certo de que Romeu tinha ido cedo para casa, para descansar, mas Benvólio duvidava disso e comprovou

Alguém estava se preparando para saltar o muro que dava para o pomar. Um muro alto e liso. Pelas roupas e pelo jeito elegante de se mover, os dois perceberam logo de quem se tratava.

— Faça alguma coisa, Mercúcio! — desesperou-se Benvólio, imaginando o que poderia acontecer ao primo se algum Capuleto o visse naquelas condições.

— De jeito nenhum! Não posso gritar o nome dele, chamaria a atenção de todo mundo. Romeu ficou maluco! Só pode estar cometendo essa loucura para se encontrar com Rosalina.

— Você está certo, vamos embora. Se ele precisasse da nossa ajuda, teria pedido.

2

Romeu tinha acabado de pular o muro, o que não achou nem um pouco difícil, apesar da altura, e caminhava decidido, coração quase saindo pela boca, os olhos faiscando de amor. Julieta era proibida para ele. Uma Capuleto. O rapaz sentiu uma pontada no peito, algo muito diferente do que sentira por Rosalina. "Só zomba da dor quem nunca foi ferido", pensou Romeu.

Julieta, como se adivinhasse que ele iria até ela, esperava na sacada do quarto, ansiosa para revê-lo ao menos mais uma vez, mesmo que fosse de longe. Quando Romeu a viu ali, foi como se o sol tivesse nascido antes da hora e ofuscado a enorme lua cheia que iluminava o céu naquela noite. Ele abriu um sorriso. Teve certeza de que a amava.

Ele sabia que estava se arriscando muito, ou melhor, que estava arriscando tudo, afinal, entrar sem convite na casa do inimigo dava a este o direito de fazer o que quisesse com o invasor. Romeu sabia que corria risco de morte, mas nada o afastaria de Julieta. Além disso, era cauteloso. Escondeu-se atrás de uma árvore e ficou apenas observando os traços delicados de Julieta, a mão pequenina sobre o rosto, o cotovelo apoiado no balcão da sacada. Era tão linda que ele só pensava em beijá-la.

— O que vou fazer agora? — suspirou Julieta. Romeu, que a ouvia muito bem, achou melhor continuar escondido lá embaixo, torcendo para que ela falasse mais.

Sem saber que alguém a ouvia, Julieta deu asas ao sentimento e continuou pensando em voz alta.

— Romeu, por que você tinha que ser um Montéquio? Renegue o seu nome ou, se não o quiser, apenas diga que me ama e eu não serei mais uma Capuleto.

Romeu queria ficar ali para sempre, ouvindo aquela voz suave pedindo que a amasse. Era difícil se conter, não falar com ela, mas ele queria ouvir mais, ter a mais absoluta certeza de que, dessa vez, era correspondido.

— Sua família é inimiga, mas você se chama Romeu, não se chama Montéquio. Montéquio é só um nome... e o que é um nome? Se uma rosa não se chamasse rosa, teria outro perfume? Claro que não. Seria a mesma rosa, com o mesmo perfume, só que com outro nome. E com você é a mesma coisa. Se tivesse um nome qualquer, ainda seria você... perfeito. Só que com outro nome. Mude seu nome, Romeu, e fique comigo — implorou Julieta.

Romeu estava emocionado e feliz ao mesmo tempo. Achou que fosse explodir de felicidade. Sem mais conseguir resistir, ele falou em voz alta:

— Se me chamar de amor, eu mudo de nome. Se disser que me ama, de hoje em diante não sou mais Romeu.

— Quem está aí? — perguntou Julieta, assustada, o coração disparado, deduzindo de quem era aquela voz que ela já conhecia tão bem.

Romeu saiu do esconderijo e se revelou completamente. Tão lindo, tão perfeito, que Julieta queria abraçá-lo e beijá-lo de novo.

— Eu mudo de nome, se você quiser — ele repetiu.

— Você não devia estar aqui, é perigoso. Se minha família descobre, mata você.

— Corro muito mais perigo olhando para os seus olhos.

Foi tudo tão rápido e tão perfeito que Romeu chegou a achar que poderia estar sonhando. Os dois passaram um bom tempo conversando e trocaram muitas promessas de amor. Era um amor proibido, difícil, talvez impossível, mas eles fariam qualquer coisa para ficarem juntos. Afinal, o amor sempre dá um jeito.

Julieta encheu-se de coragem e, na emoção do momento, falou em casamento. Mas, no mesmo instante em que as palavras saíram de sua boca, ela se deu conta de que Romeu poderia se assustar com aquilo.

— Desculpe meu atrevimento — ela explicou, envergonhada. — Não pense que sou uma garota fácil, porque não sou. Não sei o que aconteceu comigo, mas acho que fui flechada pelo amor.

— Não pensei nada de mau — disse Romeu, tranquilizando a moça. — Sinto o mesmo que você. Por mim, casamos amanhã mesmo.

Julieta sorriu, concordando com o casamento que ela mesma sugerira. Os dois se despediram com muito custo, pois era difícil se separar depois de saberem que o amor entre eles era correspondido. Romeu saiu dali praticamente flutuando de felicidade e, em vez de ir para casa, foi procurar frei Lourenço, seu amigo e confessor, para se aconselhar e acalmar o coração, que estava quase saindo pela boca.

3

O dia mal havia amanhecido e frei Lourenço já tinha o trabalho adiantado. Dedicava-se todas as manhãs ao cuidado das ervas medicinais que ele mesmo havia plantado. Ao seu lado, uma pequena cesta de palha com flores e ervas que seriam levadas para a igreja. Enquanto trabalhava, o frei refletia sobre a Mãe Terra, que tanto provia alimento ao homem como o devorava quando este morria e ali era enterrado.

Ao entrar na igreja, o frei ainda meditava sobre quanto a terra dava e tirava, e como era curioso que as ervas pudessem curar e produzir veneno. Nesse momento, Romeu entrou esbaforido, correndo para beijar a mão do frei, pedindo-lhe a bênção.

— O que faz aqui tão cedo, Romeu? — espantou-se o homem, apoiando a cesta sobre um dos bancos, antes que a derrubasse. — Qualquer dia, você me mata do coração!

Frei Lourenço conhecia Romeu desde criança, e o rapaz costumava procurá-lo para se confessar e pedir conselhos. Ao vê-lo naquele estado de ansiedade, o frei logo deduziu do que se tratava, pois havia tempos vinha ouvindo os lamentos da paixão não correspondida de Romeu por Rosalina.

— Estou perdido, frei. Preciso que me ajude.

— O que houve, Romeu? Não vá me dizer que pecou com Rosalina? — o frei colocou a mão no peito, sentindo uma leve pontada.

— Não, senhor — afirmou o rapaz, e o frei respirou fundo, aliviado. — Já me esqueci completamente de Rosalina. O que eu sentia por ela não era amor coisa nenhuma.

O frei ficou muito feliz, pois nutria um grande carinho pelo rapaz e não aguentava mais vê-lo sofrer tanto. Chegou a se preocupar com seu estado mental depois que ele começou a visitá-lo com frequência para se queixar. Estava contente por saber que Romeu esquecera de vez aquela história.

Romeu contou ao frei tudo o que lhe havia acontecido na noite anterior. A ida ao baile sem ter sido convidado, o beijo em Julieta e a paixão que lhe corroía a alma por amar a filha do maior inimigo de seu pai. Terminou confessando o amor que, agora, verdadeiramente sentia e explicou que Julieta também o amava. Tinha sido amor à primeira vista. O frei acreditou, pois conhecia bem o caráter e os sentimentos do rapaz, já que era seu confessor, mas ficou espantado com aquela mudança tão drástica em Romeu, que, no dia anterior, estava perdidamente apaixonado por Rosalina.

— O senhor precisa nos ajudar. Queremos nos casar ainda hoje.

— Como o coração dos jovens muda de opinião! É só ver uma moça mais interessante e pronto, se apaixona e se desapaixona. Isso é uma loucura, Romeu!

— Mas o senhor não me aconselhou a esquecer Rosalina?

— Sim, a esquecê-la, não a trocá-la por outra. Amores assim impetuosos e apressados não costumam acabar bem, Romeu.

Romeu insistiu e passou muito tempo tentando convencer o frei, ressaltando quanto aquele casamento contribuiria para acabar de vez com o ódio entre as duas famílias. No fim de uma longa conversa, o frei continuava achando aquilo tudo uma loucura, mas Romeu sabia como convencer as pessoas com seus argumentos. O frei, então, pediu um tempo para orar e refletir sobre o assunto, e Romeu foi aguardá-lo ansioso em um dos bancos da igreja. Embora cansado por ter passado a noite em claro, ele não cochilou nem por um instante.

Após alguns minutos, que para Romeu pareceram horas, o frei levantou-se com esforço do degrau diante do altar, onde havia se ajoelhado, e olhou com ar muito sério para Romeu, que já o aguardava de pé, sem conseguir conter a ansiedade.

— Está bem, eu faço o casamento.

— Ainda hoje? — insistiu Romeu.

— Sim, ainda hoje — suspirou o frei, pouco confiante de que aquela união daria certo. Ele tinha ao menos uma certeza em mente: a de que era muito provável que o amor dos jovens faria os pais repensarem suas atitudes e acabarem com aquela inimizade de uma vez por todas. E era isso o que importava.

4

Assim que Benvólio e Mercúcio viram Romeu saltar o muro dos Capuletos, deduziram que ele tinha ido se encontrar com Rosalina e, como imaginaram que ele logo seria maltratado e voltaria desolado para casa, preferiram esperar o dia seguinte para conversar sobre o assunto. Mas, de manhã, ao procurarem por ele, souberam, por um criado dos Montéquios, que Romeu não dormira em casa naquela noite.

Mercúcio e Benvólio foram aos locais preferidos de Romeu para tentar encontrá-lo — sem sucesso. Após muito caminhar, desistiram e sentaram-se na praça, no lugar onde costumavam se reunir. Mercúcio começava a se preocupar com a sanidade do amigo, que certamente se perdia pelo amor não correspondido de Rosalina.

— Romeu vai dar uma boa resposta a essa carta de Teobaldo, você vai ver — afirmou Benvólio, sabendo que ninguém superava Romeu no trato das palavras.

Naquela manhã, uma carta de Teobaldo havia sido entregue na casa dos Montéquios. Benvólio supunha que deveria se tratar de algum desafio a Romeu, talvez até um convite para um duelo, e estava ansioso para ver a resposta, que, certamente, seria devastadora.

Mercúcio respirou fundo, apoiou o queixo na mão, com uma expressão preocupada, e disse:

— Romeu pode ser bom com as palavras, Benvólio, mas na espada ninguém vence Teobaldo. Ele é o melhor espadachim que conheço. É rápido e imprevisível, possui uma técnica difícil de acompanhar. Dizem que jamais perdeu uma luta.

— Então, você acha que Romeu não teria chance nenhuma se lutasse com ele? — Benvólio se ajeitou no banco, aparentando muita preocupação.

— Mas o que será que Teobaldo quer com Romeu? Será que descobriu que ele estava no baile? Ou será que Romeu cometeu alguma loucura com Rosalina?

— Não sei, mas deve ter a ver com Rosalina mesmo. Se Teobaldo tivesse desmascarado Romeu ontem à noite, durante a festa, saberíamos na hora. Não faz sentido ele ter ficado quieto e, agora, enviar apenas uma carta.

Os dois só ficaram mais tranquilos quando viram Romeu caminhando rapidamente pela rua da igreja, indo na direção deles.

— Até que enfim se lembrou dos amigos! — protestou Benvólio, aliviado.

Mercúcio, por sua vez, estava chateado com o fato de Romeu não ouvir os conselhos dos amigos e se complicar ainda mais com a família inimiga por causa de uma garota que nem sequer gostava dele.

— Quando é que você vai nos escutar e reparar nas outras garotas? — reclamou Mercúcio. — Você, ainda por cima, nos ignorou a noite toda!

— Desculpem, mas eu tinha um assunto urgente para tratar no baile — justificou-se Romeu, sentando-se sobre o apoio das costas de um dos bancos, com um sorriso no rosto e o olhar um tanto sonhador.

Havia algo diferente em Romeu. Seu humor estava mudado, sem o desânimo e a tristeza de antes. Era quase o Romeu que os amigos conheciam.

— Está muito misterioso hoje, Romeu. O que foi que você aprontou à noite, hein? — perguntou Mercúcio, sorrindo de um jeito malicioso.

Romeu virou-se para o amigo e se preparou para responder, mas não teve tempo. Uma voz estridente e feminina o interrompeu.

— Com licença, rapazes! Por favor, me ajudem! — era a ama de Julieta, que se encaminhava esbaforida na direção dos três, seguida por um criado.

Da calçada, ela gritava por eles e sacudia um lencinho que usava para enxugar o rosto, chamando a atenção de muitos curiosos enquanto subia com dificuldade os poucos degraus que davam para a área verde onde se encontrava o grupo de rapazes.

— Quem é essa velhaca que grita como louca? — Mercúcio não gostou nem um pouco da interrupção e não disfarçou o desagrado para os amigos.

Romeu o ignorou. Ele reconheceu a ama e estava com o coração aos pulos só de imaginar que se tratava de um recado de Julieta.

O suor descia pelo rosto largo da ama, um tanto pelo sol, que já ia alto, e outro tanto pela correria. Como era um pouco manca, caminhar era uma tarefa difícil para ela.

— Pedro, traga o meu leque! Venha logo, garoto! — ela gritou para o rapaz que a acompanhava, alguns passos atrás.

A mulher já estava de frente para os três amigos quando recebeu o leque entregue pelo criado. Mercúcio virou-se para Benvólio e sussurrou:

— O leque deve ser para esconder a cara feia dela — Benvólio teve de se conter para não rir na frente da mulher.

— Bom dia, meus jovens — ela cumprimentou, de um jeito bem exagerado.

— Boa noite, bela dama — cumprimentou Mercúcio, saltando do banco em direção à mulher e adiantando-se a Romeu, que também estava de pé, ansioso por notícias de Julieta.

— E onde é que você está vendo noite? — espantou-se a ama. — O que há com esse rapaz? — perguntou a Romeu.

— Esse aí é um caso perdido — Romeu empurrou o amigo para o lado, deixando o caminho livre entre ele e a ama. Mercúcio voltou para o lugar de onde viera, com uma expressão debochada no rosto.

— Percebi. Por acaso algum de vocês sabe onde posso encontrar um belo rapaz chamado Romeu? — a ama não havia reconhecido Romeu.

— Sou eu mesmo — respondeu Romeu, não se aguentando mais de curiosidade.

— Pois, se é você mesmo, tenho um segredo para lhe contar — ela o puxou pelo braço, afastando-o dos amigos. Romeu deu-lhe o braço de bom grado e a acompanhou até a sombra de uma árvore, alguns metros adiante. O criado os seguiu bem de perto.

Mercúcio e Benvólio, que nada sabiam da aventura de Romeu na noite anterior e não faziam ideia de quem era aquela mulher, ficaram muito espantados com o que ela dissera. Mercúcio, que tinha por natureza ser brincalhão e não media as palavras quando se divertia, não se conteve e ironizou.

— Noooossa! Ela quer dizer segredinhos de amor no ouvido do rapaz! O que será?

Depois, voltando-se para Romeu, gritou:

— Vamos esperar você na casa dos seus pais!

— Vou para lá depois — confirmou Romeu.

Mercúcio e Benvólio se afastaram. A ama estava irritadíssima com a falta de respeito de Mercúcio.

— Quem é esse mal-educado? — a ama perguntou a Romeu. — E você, Pedro, por que não me defendeu, seu inútil?

— Não se incomode com ele, ama — disse Romeu, tentando acalmá-la.

— Não vi ninguém faltar ao respeito com a senhora, senão teria sacado minha arma — justificou-se o criado.

— Que raiva! Estou até tremendo, olhe só! Os jovens de hoje em dia não respeitam os mais velhos.

Romeu estava tão ansioso para saber o que a levara até ali que fez de tudo para acalmá-la, convidando-a para tomar um refresco e comer uns doces.

Depois de beber e comer, a ama finalmente disse o porquê de ter ido procurá-lo.

— Minha patroinha me enviou até aqui para lhe dar um recado. Mas, antes disso, eu quero lhe dizer uma coisa muito séria — ela franziu a sobrancelha para continuar a frase. — Se o senhor a magoar de alguma maneira, vai se ver comigo. Ela é uma moça muito ingênua e boa, e não merece que algum aproveitador a engane.

— Pode ficar tranquila, ama, que minhas intenções são as melho...

Romeu não conseguiu terminar a frase, pois a ama o interrompeu, emocionada.

— Nossa! Que lindo! Tão apaixonado! Minha Julieta é uma menina de sorte!

— Como a senhora sabe, se nem me deixou terminar a frase? — Romeu estava espantado com a rápida mudança de opinião da ama.

— Está muito claro o que o senhor ia dizer. Já deu para perceber quão sincero é o seu amor por Julieta.

— Pois diga a ela que vá se confessar hoje à tarde, com frei Lourenço. Mas explique a ela que, na verdade, vamos nos casar.

— De jeito nenhum! — a ama indignou-se.

— Claro que vamos, ama — retrucou Romeu. — Eu e Julieta já combinamos tudo.

— Então, está bem — ela concordou, conformada.

Logo em seguida, a ama iniciou um falatório, que parecia não ter fim, sobre ter criado Julieta desde o nascimento da menina, como se fosse sua própria filha, e contou-lhe sobre o pedido de casamento de Páris. Revelou, ainda, que incentivara Julieta a se casar com o jovem conde, mas que a moça só tinha olhos para Romeu. E terminou com elogios, dizendo que, comparado a ele, Páris parecia um sapo.

Romeu terminou a conversa, pedindo a ela que seguisse pela rua da igreja e parasse por um instante na parte de trás do edifício. Lá, um criado dos Montéquios lhe entregaria uma escada de corda que Romeu usaria para subir na sacada de Julieta naquela noite, após o casamento. A ama o ouviu, concordou e se afastou, descendo a rua tão esbaforida quanto viera e gritando pelo criado, que havia encontrado algo para se distrair.

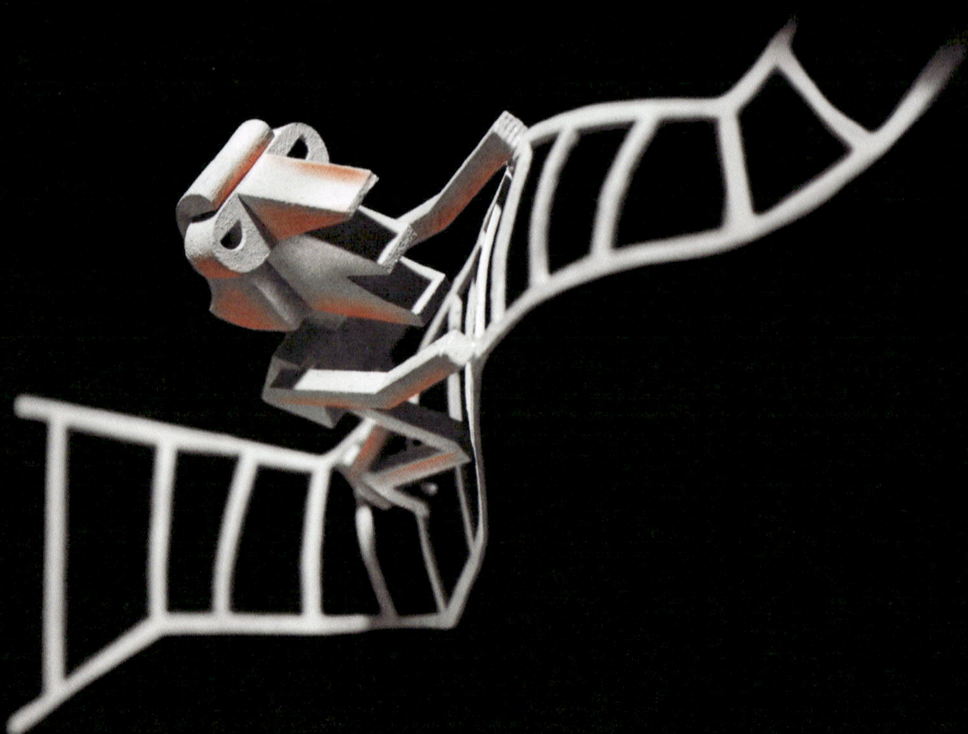

5

Julieta andava de um lado para o outro em seu quarto, ansiosa. Há horas aguardava o retorno da ama. Uma criada a chamara para o almoço, mas a jovem não tinha apetite nenhum.

A ama saíra pouco depois das nove da manhã e jurara que voltaria em meia hora, mas se passaram três horas e nada de ela chegar. Julieta estava nervosa, não entendia o motivo da demora da mulher. Chegou a se arrepender por não ter enviado alguém mais jovem e mais rápido. Porém, em quem poderia confiar tão plenamente quanto confiava na ama?

Mergulhada em seus pensamentos, Julieta nem percebeu quando a ama entrou acompanhada de Pedro, o criado.

— Julieta!

— Ama, como você demorou! — Julieta a abraçou, feliz. — Pode ir, Pedro — ela dispensou o rapaz, louca para ficar sozinha com a ama e saber o que dissera seu amado Romeu. — Agora diga, ama, você o encontrou? O que ele disse? Por que está com essa cara de tristeza? Não me deixe assim, tão aflita! Diga logo!

— Calma, menina, deixe-me sentar e tomar um copo de água. Estou tão cansada. — A mulher largou-se sobre uma confortável poltrona, os dois braços caídos ao lado do corpo e as pernas esticadas.

Julieta correu para lhe servir um copo de água e, depois, sentou-se na cama ao seu lado para ouvir o recado de Romeu.

— E então, ama? O que Romeu disse? — ela insistiu, recebendo de volta da ama o copo vazio.

— Não vê que mal consigo respirar? Estou morta de dor nos ossos. — A ama levou o antebraço à testa e se recostou, fechando os olhos.

— Se não consegue respirar, como é que está falando? — Julieta pegou-lhe o braço, colocou-o ao lado da poltrona e olhou fixamente para ela. — Deixe de drama e me conte logo o que aconteceu. Eu trocaria todos os meus ossos com você para saber o que você tem a me dizer.

— Mas que desespero! A culpa é sua, por me fazer correr tanto nesta idade. Eu estive com Romeu, sim, e ele não é nenhuma flor de cortesia, mas é lindo de morrer. Aliás, nunca vi um rapaz tão bonito, mas ainda acho que você não escolheu bem. — A ama parecia ter se recuperado, estava falando pelos cotovelos, intercalando as frases com inspirações profundas para recuperar o fôlego.

Para desespero de Julieta, a ama começou a tagarelar histórias e mais histórias, e não chegava nunca ao assunto relacionado a Romeu. Quis saber onde estava a senhora Capuleto e, na falta de informação por parte da jovem, começou a reclamar do reumatismo, das dores nas costas e nos pés, da idade e da dureza da vida.

Julieta estava impaciente e foi mais dura com a ama assim que ela começou a se desviar novamente do assunto para perguntar o que serviriam de almoço. Ao conseguir um pouco de sua atenção, a moça exigiu que ela lhe contasse com detalhes tudo o que conversara com Romeu. Queria saber se ele tinha enviado algum recado ou dito algo sobre o casamento.

A contragosto, pois seu estômago começava a roncar, a ama deixou o almoço de lado para contar tudo o que se passara, explicando o plano de casamento de Romeu.

— Você só precisa conseguir permissão para ir à igreja se confessar e pronto, logo estará casada.

Julieta, que tinha permissão para ir à igreja quando bem desejasse, correu para se arrumar para o casamento, mal acreditando em como tudo estava acontecendo tão rápido.

— Vá logo para a igreja, então! Frei Lourenço está esperando vocês. Vou dar um jeito de esconder a escada para seu futuro marido vir esta noite ao seu quarto, mas, antes, vou almoçar, que já passa da hora.

Julieta não sentia nenhuma fome naquela tarde. Seu destino a aguardava.

6

Frei Lourenço terminava os preparativos para o casamento, mas seu coração estava oprimido, preocupado com o jovem casal e com a consequência daquele ato impulsivo.

Ele só tinha aceitado o pedido de Romeu porque não aguentava mais ver as duas famílias, tão valorosas e queridas, viverem em pé de guerra. Aquela seria, provavelmente, sua única oportunidade de fazer algo para conseguir estabelecer a paz entre elas. Para tanto, era preciso arriscar e realizar o casamento dos jovens apaixonados.

O gentil frei terminava de acender as velas do altar quando Romeu chegou usando sua melhor roupa.

— Que cara de preocupação é essa, frei Lourenço?

— Não é nada, meu filho. Só espero que seu casamento acabe com essa briga entre famílias de uma vez por todas e não nos traga maiores sofrimentos.

— Desde que Julieta esteja em meus braços e ainda hoje se torne minha esposa, nada mais me importa.

Foi Romeu mesmo quem acendeu a última vela. O frei pediu-lhe que tivesse calma. Era preciso ser cuidadoso para escolher o melhor momento de revelar o segredo às famílias, pois tudo que se faz com muita pressa acaba mal.

Romeu só se deu conta da presença de Julieta quando ela o abraçou. A moça entrou com tanta pressa na igreja que ele nem havia notado a presença dela.

— É o amor que faz você caminhar nas nuvens e chegar assim, sem ser percebida, menina? — o frei perguntou, sorrindo.

Julieta beijou a mão de seu confessor, também muito querido por ela, e recebeu sua bênção. Romeu estava emocionado ao vê-la tão bela, prestes a se tornar sua esposa. Julieta não pôde se arrumar como uma noiva gostaria, para não chamar a atenção de ninguém, mas teve o cuidado de prender os cabelos em uma trança bem trabalhada e de escolher o vestido mais delicado que possuía e que guardava para uma ocasião especial. E nada mais especial do que o dia de seu casamento.

Romeu não largava a mão de sua amada e se declarava a ela a todo momento. Julieta retribuía, dizendo-lhe que o amava ainda mais do que no dia anterior.

Como ninguém desejava mais esperar, o frei, então, realizou o singelo casamento, ainda que fossem as únicas testemunhas.

III.
A dor

1

Apesar do sol quente daquela tarde, muitas pessoas se reuniam na praça de Verona, cada qual cuidando dos próprios interesses. Umas conversavam, outras trabalhavam, outras simplesmente perambulavam. À sombra da grande árvore, estava um pequeno grupo de jovens, todos ligados à casa dos Montéquios.

Benvólio já não aguentava mais o calor e tentava, havia algum tempo, convencer Mercúcio de irem para casa se refrescar. Estava com receio de encontrar algum dos Capuletos ali. Sabia que Teobaldo, acompanhado de sua gangue, devia estar atrás de briga.

— Você é engraçado, Benvólio! O maior brigão de Verona e fica falando que não quer briga — Mercúcio riu, sabia que iniciava um ciclo sem fim de implicâncias e discussões sobre quem era o mais brigão dos dois.

— Eu não sou assim! — defendeu-se Benvólio, ofendido.

— Deixe de história. Claro que é! Você já se meteu em mais brigas do que eu. Lembra aquela vez em que um coitado tossiu na rua e, só porque acordou o seu cachorro, você partiu para a briga? E aquela outra vez...

— Olha quem fala! Você é tão brigão que, se eu me desentendesse como você, não estaria mais aqui para contar história.

— Pois você é tão brigão que, se existissem dois de você, um acabaria matando o outro.

Os dois continuavam naquela implicância quando Teobaldo apareceu, rodeado de sua gangue de amigos, que, assim como ele, estavam loucos por uma briga.

— Senhores, quero dar uma palavra com vocês — Teobaldo interrompeu, em um tom desafiador, porém educado.

— Uma palavra só? — provocou Mercúcio, levantando-se e ficando de frente para Teobaldo. — Por que não nos dá logo várias e faz uma frase? Aliás, um golpe é bem melhor que uma palavra.

— Se é isso o que você quer, é o que vou lhe dar — Teobaldo, com o tom de voz um pouco alterado, deu um passo à frente, afastando-se dos companheiros, o que contribuiu para aumentar a tensão no ambiente. Curiosos começaram a se juntar na praça. — O que é que você anda tramando com Romeu?

— Eu?! — Mercúcio fingiu indignação para provocar o outro. — Se estou tramando algo, não é da sua conta.

— Vamos parar com isso? — intrometeu-se Benvólio, abrindo os braços entre os dois, tentando acabar com a discussão e impedir uma briga. — Está todo mundo olhando. Vamos resolver isso em outro lugar ou, então, falem baixo e civilizadamente.

Mas Teobaldo e Mercúcio não estavam preocupados com a opinião alheia. Havia muito que não se entendiam e buscavam uma oportunidade de resolver suas diferenças. Quando se encontravam, pareciam galos de briga, prontos a se atracar. Ficaram dando passos curtos de um lado para o outro, parecia que estavam ensaiando uma dança estranha. Teobaldo, com a mão no cabo da espada, viu Romeu se aproximar e mudou o foco para aquele que mais detestava.

Romeu não desejava brigar, muito pelo contrário. Estava radiante de felicidade, pois agora era um homem casado com a criatura mais bela e pura que já existira e nada acabaria com o seu bom humor. Embora não gostasse de Teobaldo, sabia do afeto que Julieta tinha pelo primo. Além disso, desejava a paz entre as famílias, ainda mais agora que seriam uma só. Precisava impedir aquela discussão, para que não virasse uma luta cuja consequência poderia ser desastrosa.

— Romeu, confesso que não vou com a sua cara. Você é um canalha — Teobaldo provocou, sem sucesso, pois Romeu não tinha intenção nenhuma de brigar.

— Olhe, Teobaldo, vou perdoar sua ofensa por razões que não posso lhe explicar agora. E, como não sou um canalha, estou indo embora.

— Quer dizer que você me insulta e quer fugir? Deixe de ser covarde e saque a espada!

— Nunca o insultei, Teobaldo, não sei de onde tirou isso. Tenho motivos, hoje, para ser seu amigo e honrar o nome dos Capuletos. Em breve, você vai entender.

Mercúcio ficou indignado com aquela revelação. Como Romeu podia dizer que honrava aquele nome infame? Sem mais se conter, Mercúcio sacou a espada e desafiou Teobaldo.

— O que é isso, Mercúcio? Defendendo seu amiguinho? — debochou Teobaldo, que também sacou a espada.

Os dois se colocaram em posição de ataque, mas nenhum deles tomou a iniciativa de dar o primeiro golpe. Como a lei era bem específica com relação aos brigões, principalmente no que dizia respeito àqueles que iniciavam uma briga, eles voltaram a se ofender, esperando que o outro desse início à luta.

— Está com medo, Teobaldo? Acovardou-se, é? — atiçava Mercúcio.

— Estou preparado, Mercúcio. Venha ver o que tenho para você, venha! — retrucava Teobaldo.

Preocupado com o rumo que aquilo poderia tomar, Romeu se colocou entre os dois para impedir a briga. De frente para Mercúcio, ele implorou ao amigo que guardasse a espada e terminasse com aquela insensatez, mas Mercúcio ignorou-o completamente. Continuou provocando Teobaldo, como se Romeu nem estivesse ali.

Os dois começaram a lutar ao mesmo tempo e, no instante seguinte, a confusão estava formada. Ao primeiro grupo de curiosos se juntaram mais outro, e mais outro, até que a praça ficou tomada por partidários de ambas as famílias. Romeu se aproximou de Benvólio para ajudá-lo a impedir aquela loucura.

Benvólio não estava lutando, mas não queria impedir a luta. No fundo, ele também gostaria de estar atacando Teobaldo. Ao se dar conta de que não teria o apoio de Benvólio, Romeu ficou desesperado. Não queria sangue entre as duas famílias, ainda mais no dia de seu casamento, quando tudo deveria ser perfeito e harmonioso para que, juntos, ele e Julieta dessem fim àquela inimizade. Mas os dois lutavam a sério, instigados pela multidão que começava a fazer apostas. No meio da luta, Romeu se controlava para não sacar sua espada, apenas gritando e insistindo com os dois para que parassem com aquilo.

— Pare, Mercúcio! Chega, Teobaldo! Vocês se esqueceram da ordem do príncipe? As lutas estão proibidas, sob pena de morte!

Mas os jovens estavam surdos pelo ódio mútuo e lutavam ferozmente. Em um dado momento, a espada de Teobaldo passou por baixo do braço de Romeu e acertou em cheio o peito de Mercúcio. Jorrou sangue para todo lado e Mercúcio perdeu o equilíbrio.

— Fui atingido! — gritou.

— Não foi nada, não foi nada — Romeu o amparou, mentindo que o corte era pequeno.

Benvólio se aproximou para ajudar e Teobaldo aproveitou a confusão para fugir. Em poucos segundos, estava longe, acompanhado dos amigos. O pajem de Mercúcio correu para chamar o médico. Muito fraco, Mercúcio se lamentou ao sentir que ia morrer. O que era mais triste é que sua morte teria como causa a rixa entre duas famílias às quais não pertencia.

— A culpa é sua! — acusou Mercúcio, magoado, olhando Romeu nos olhos. — Ao ficar entre nós, deu a Teobaldo a chance de me atingir com um golpe baixo.

— Só estava tentando ajudar — sussurrou Romeu, de coração partido.

Mercúcio conseguiu pedir a Benvólio que o levasse dali, e o amigo o apoiou em seu ombro, mas era tarde demais. Após um último e longo suspiro, Mercúcio estava morto. Perdera muito sangue. Com pesar, Benvólio e Romeu se entreolharam. Romeu percebeu que Teobaldo estava de volta, provavelmente para terminar o que havia começado.

— Venha, seu covarde! — desafiou Romeu, empunhando a espada. — Mercúcio está morto. Venha ter o que você merece!

Os dois começaram a lutar. Ninguém conseguiria impedi-los. A multidão estava eufórica. Algumas pessoas torciam por Romeu; outras, por Teobaldo; muitas, por nenhum dos dois. Alguns golpes de espada trocados e Teobaldo caiu morto. O povo entrou em alvoroço, começou uma gritaria.

— Fuja, Romeu! A pena é de morte. Fuja! — aconselhou Benvólio, empurrando o primo.

Romeu permaneceu imóvel, confuso. Nada parecia real. Em sua cabeça, passavam imagens da paixão por Julieta, do casamento, dos sonhos de uma vida feliz ao lado dela, da paz entre as famílias. Tudo isso tinha sido destruído. Fugir para quê, se não tinha mais perspectiva nenhuma de felicidade?

— Por que está aí parado, Romeu? Vá embora! — Benvólio o sacudiu, desesperado. Precisava salvar o primo.

Saindo do transe, Romeu não teve alternativa a não ser fugir dali.

Um enviado do príncipe se desvencilhava com esforço da multidão para chegar ao centro do círculo de pessoas no qual se encontravam os dois corpos e alguns amigos de ambas as famílias, incluindo Benvólio.

— Onde está o assassino de Mercúcio? — ele perguntou, gritando. — O príncipe soube de tudo e me enviou.

Benvólio lhe contou o que havia acontecido e explicou que tinha sido Teobaldo quem matara Mercúcio. Revoltado, o homem deu voz de prisão a Benvólio e o levou com ele para o palácio, onde o príncipe os aguardava com os casais Capuleto e Montéquio ao seu lado.

— Como foi que tudo isso aconteceu? — perguntou o príncipe com enorme pesar. — Quem começou a briga?

Benvólio narrou o acontecimento desde o início. Explicou que Romeu só matara Teobaldo depois de este ter matado Mercúcio, o sobrinho do príncipe.

A senhora Capuleto teve uma crise de choro. Descontrolada, começou a gritar que queria justiça para o sobrinho Teobaldo e pediu ajuda ao príncipe e ao marido em meio a soluços.

Benvólio insistiu em dizer que Romeu fizera de tudo para evitar a briga, mas, quanto mais gentil era em suas palavras, mais Teobaldo ficava irritado e as distorcia.

— Teobaldo apunhalou Mercúcio com um golpe baixo, usando Romeu de escudo e atacando por baixo de seu braço. Quando Mercúcio caiu morto, Teobaldo fugiu, mas retornou minutos depois para desafiar Romeu, que, naquele ponto, estava fora de si.

— Mentira! — gritou a senhora Capuleto, o rosto vermelho. — Eram vinte contra um. Teobaldo foi covardemente assassinado por Romeu. Esse rapaz é parente dos Montéquios e, por isso, o está acobertando. Eu quero justiça! Que Romeu pague a morte com a morte. Ele não pode viver — ela suplicou e abraçou o marido, em prantos.

— O sangue de Mercúcio foi pago com o sangue de Teobaldo, mas quem pagará pelo sangue de Teobaldo? — perguntou o príncipe.

— Romeu é que não pode ser — disse Montéquio, nervoso. — Como já ficou provado aqui, ele fez de tudo para impedir a briga. Vossa Alteza, meu filho era amigo de seu sobrinho e fez justiça, segundo a própria lei, tirando a vida do assassino Teobaldo.

O príncipe pensou um pouco e concordou, em parte, com Montéquio. Por fim, decretou a sentença:

— Que ele seja, então, banido de Verona e nunca mais retorne a essas terras, sob pena de morte. Eu também sofri e perdi um ente querido. Não o perdoo, pois perdão para a morte é o mesmo que matar. Sendo assim, se Romeu voltar, terá de pagar com a própria vida pela dor que nos causou.

2

Em sua casa, alheia aos últimos e trágicos acontecimentos, Julieta sentia como se fosse explodir de tanta felicidade. Aguardava ansiosa pela visita de Romeu, agora como seu marido. Sonhava com o futuro maravilhoso que teria ao lado dele, com a casa e os muitos filhos que teriam. Não via a hora de anoitecer e de seu amor subir pela escada de corda que já estava preparada, aguardando por ele. Por que a noite tinha de demorar tanto a chegar?

De repente, a ama entrou em seu quarto sem pedir licença, o rosto transtornado, torcendo algo entre as mãos.

— O que foi, ama? — estranhou Julieta, olhando para o objeto que a ama segurava com tanta angústia. — É a corda de Romeu? — tirou-lhe a corda das mãos, sem entender.

— Ai, que dor, que dor! Ele morreu! — lamentou-se a mulher, sacudindo a cabeça.

— De quem você está falando, ama? — Julieta desesperada, sacudia a mulher.

— Quem poderia imaginar! Logo Romeu! — disse a outra, andando de um lado para o outro do quarto, exasperada.

Ao ouvir o nome de Romeu, Julieta sentiu o chão lhe faltar, uma tontura enevoou seus olhos e ela teve de ser forte para não desmaiar. Precisava saber de tudo.

— Ro... Romeu está morto? — perguntou, temendo a confirmação mais do que qualquer outra coisa.

— Eu desmaiei quando vi o cadáver, cheio de sangue, um horror.

Julieta deixou o corpo cair sobre uma cadeira, os braços pendidos, a face descolorida. Mal casara e já era viúva. Nunca pensou que existisse tamanha dor.

— Pobre Teobaldo! Tão jovem e tão bom, com um futuro inteiro pela frente — completou a ama.

— Meu primo Teobaldo? Que loucura é essa, ama? Quer dizer que perdi meus dois queridos em um único dia? Meu amor e meu primo? Como isso é possível?

Percebendo, finalmente, o desespero da menina, a ama explicou o que havia acontecido, contando a Julieta que Romeu assassinara Teobaldo e fora banido de Verona para sempre.

Por um momento, Julieta fraquejou e chegou a duvidar do amor de Romeu. Julgou-se traída e enganada. Como pôde acreditar em alguém que lhe traíra daquela forma? Poderia um rosto tão lindo ser tão mentiroso?

— Os homens não prestam, são todos uns mentirosos. E Romeu não vale nada. — A ama foi até a porta e chamou o pajem, para que lhe levasse água.

— Não diga isso! — ralhou Julieta. — Romeu foi uma vítima, com certeza.

— Vai defender o assassino do seu primo?

— E como posso condenar o meu próprio marido?

Julieta estava certa de que, se Romeu matara o primo, só podia ser porque Teobaldo tentara matá-lo primeiro. Sentiu-se mal por duvidar dele, ainda que apenas por um instante. O banimento de Romeu lhe doía mais que a própria morte. Julieta devolveu a escada de corda para a ama e mandou que a levasse embora.

— Se o destino assim o quis, morrerei solteira. Pois com outro não caso — disse a moça, deixando as lágrimas descerem livres por seu rosto.

A ama se compadeceu de sua protegida e revelou que frei Lourenço havia escondido Romeu. Prometeu, então, que o levaria até ela durante a noite para que ele a confortasse e a mandou descansar e aguardar pela visita de seu amado.

Agradecida, Julieta tirou um anel do dedo e lhe pediu que o entregasse a Romeu, como marca de compromisso, recomendando que o encontrasse de qualquer forma. Afinal, precisava dizer adeus ao seu amado.

3

Quando Romeu finalmente chegou à igreja, frei Lourenço o aguardava, em prece. Por ali as notícias corriam rápido, e o frei já sabia da sentença proferida pelo príncipe. O religioso estava desolado com o destino do jovem e orava para que ele o procurasse antes de tomar qualquer atitude. Sabia que era a única pessoa capaz de ajudá-lo.

Após os acontecimentos trágicos da praça, Romeu primeiramente se refugiou em esconderijos pouco seguros, como becos e vielas, até tomar coragem e procurar o frei. Ele sempre lhe dava uma palavra amiga e o orientava a fazer a coisa certa.

Romeu esperava a sentença de morte, mas, ao saber pelo frei que havia sido banido de Verona e que nunca poderia voltar à sua terra natal, achou aquele castigo muito pior que a morte.

— O mundo é grande, meu amigo — o frei tentou animá-lo, batendo de leve em seu ombro.

Mas Romeu preferia a morte a viver para sempre longe de Julieta e de sua família. Ele só conhecia Verona, que, para ele, era seu mundo inteiro.

— Seja grato e aproveite a oportunidade, Romeu. A lei confere a pena de morte para casos de assassinato, mas o príncipe o salvou. Ele teve piedade de você.

— Isso é tortura, não é piedade! — Romeu estava revoltado, comparava Verona ao céu, pois ali estava o anjo chamado Julieta. Ele se sentia pior que um verme, pior que uma mosca, pois esta podia posar na mão de Julieta e viver em Verona, mas ele, não. — A morte é melhor que isso — concluiu, jogando-se sobre um dos bancos da igreja, desolado.

Desesperado, Romeu perguntou ao frei se não teria um veneno ou um punhal para acabar com a vida dele de uma vez. O frei o chamou à razão e tentou animá-lo, tirando aquela ideia terrível de sua mente. Romeu, por sua vez, disse ao frei que ele não poderia saber como se sentia, pois nunca passara por aquela situação.

Uma batida na porta fez os dois se calarem. Frei Lourenço mandou Romeu se esconder, mas ele se recusou a fazê-lo.

— Para que adiar esse momento? — Romeu não tinha mais ânimo de lutar pela vida.

As batidas à porta ficaram mais fortes e insistentes.

— Quem é? — perguntou o frei para ganhar tempo, fazendo um sinal para que Romeu se escondesse. O rapaz, no entanto, se jogou ao chão, em prantos. — Já vou, já vou.

Qual não foi o alívio do frei ao ver que se tratava da ama, enviada por Julieta.

— Por favor, me deixe entrar. Foi Julieta quem me enviou.

A ama pediu a bênção do frei e perguntou por Romeu. Ele a levou até o jovem e lhe mostrou o estado deplorável em que Romeu se encontrava. A ama disse que Julieta estava na mesma situação, chorando sem parar.

A mulher se compadeceu da dor de Romeu e se aproximou, acariciando seu cabelo. Pensando tratar-se do frei, Romeu não se moveu e continuou de olhos fechados, chorando copiosamente.

— Levante-se, Romeu. Só não existe remédio para a morte.

— Ama! — ao ouvir a voz da mulher, Romeu engoliu o choro e sentou-se, esforçando-se para se levantar. — Como está Julieta? Ela me odeia? Acha que sou um assassino?

— Chora o tempo todo, por você e por Teobaldo. Não sai da cama, falando sem parar o nome dos dois. Muito triste de ver.

Romeu sentia-se péssimo por ter causado tanta dor a Julieta. Odiava a si mesmo por ter tirado a vida do primo dela. E, agora, estava ali, como um criminoso, sem poder abraçar nem consolar sua amada.

— Viu por que não mereço viver, frei? Eu não presto.

— Pare com essa bobagem, Romeu. Você não é assim. Reaja! Se quer pôr fim à sua vida, é porque não ama Julieta. Quem ama não quer o sofrimento do outro, e você a faria ainda mais infeliz. Acorde! Julieta está viva e espera por você.

Romeu sentia-se um desgraçado e só via o lado ruim de tudo, mas o frei lhe mostrou a sorte que tinha por ter o amor de Julieta, por ter sobrevivido e, em vez de ser condenado à morte, ter sido banido. Ele não era culpado por Teobaldo ter assassinado Mercúcio e, com isso, tê-lo provocado. A culpa era toda de Teobaldo e de mais ninguém.

O frei conseguiu, finalmente, acalmá-lo e o convenceu a visitar Julieta para a noite de núpcias. Que esquecesse tudo aquilo, ao menos por uma noite. Na verdade, frei Lourenço já tinha todo um plano traçado. No dia seguinte, bem cedo, antes mesmo da troca da guarda, Romeu fugiria para a cidade de Mântua. Quando chegasse o momento de revelar o segredo do casamento, o frei pediria ajuda aos amigos e apoio ao duque para que trouxesse Romeu de volta. Era só ter paciência. Nada como o tempo para apagar o passado!

— Pode ir, ama. Leve esse recado para Julieta e diga que seu marido vai encontrá-la logo, logo — disse o frei, acompanhando-a até a porta.

A ama estava maravilhada com a sabedoria do religioso e queria ficar ali a noite inteira, mas precisava levar a boa notícia à patroa. Romeu, por sua vez, estava receoso. Tinha medo da reação de Julieta ao vê-lo. Afinal, era ele o assassino de seu primo. A ama já estava de saída quando se lembrou de entregar o anel enviado por Julieta. Romeu colocou-o no dedo e sentiu-se confortado.

— Romeu, se apresse — disse a ama, antes de sair. — Já está tarde — e, beijando mais uma vez a mão do frei, foi embora rapidamente.

— Ou você parte antes da troca da guarda ou sai disfarçado — explicou frei Lourenço. — Em Mântua, um pajem levará notícias a você. Irei vê-lo assim que puder.

Romeu beijou a mão do frei, sinceramente agradecido, e foi se preparar para encontrar Julieta. Em poucas horas, subiria a escada de corda que o levaria ao quarto de sua esposa. Como queria poder gritar ao mundo que estavam casados!

4

Ao anoitecer, Páris foi até a casa dos Capuletos para pedir a mão de Julieta e marcar a data do casamento. Ele insistiu para que chamassem a moça, mas Capuleto disse que não queria incomodá-la, pois a jovem estava sofrendo muito pela morte do primo e descansava. Como nem ele nem a esposa sabiam que a filha já havia se casado, pensaram que sua tristeza era apenas por causa de Teobaldo e decidiram que o melhor seria casá-la de uma vez, para que ela tivesse ao menos uma alegria. Julieta ainda precisaria aceitar formalmente o pedido, mas os pais estavam tão certos de que estava apaixonada por Páris que marcaram um novo encontro com o jovem no dia seguinte para lhe dar a resposta.

— É uma pena que Julieta não esteja aqui, mas entendo que seja um momento de dor — lamentou-se Páris, ansioso por ver a noiva.

— Bem, para morrer basta estar vivo — disse Capuleto, levantando-se para acompanhar o rapaz até a saída. — É tarde, conversaremos mais amanhã.

— Mande lembranças à Julieta. — Páris compreendeu que era hora de ir embora e beijou a mão da futura sogra antes de sair.

— Pode deixar, darei o recado a ela — disse a senhora Capuleto, com um sorriso leve no rosto, mas imensamente feliz por dentro. Não via a hora de a filha se casar.

Páris estava indo em direção ao portão de saída quando Capuleto o chamou novamente.

— Páris, volte aqui! Mudei de ideia! — a mulher o olhou espantada, imaginando o que ele diria. — A morte me fez pensar na vida. Vou tomar uma decisão em nome de Julieta e tenho certeza de que, como filha obediente que é, acatará minha escolha. — Ele segurou a mão da esposa e aguardou a reação de Páris antes de continuar. O jovem conde levou uma das mãos ao peito e se aproximou novamente. — Eu aceito o seu pedido em nome dela. E digo mais: vamos marcar o casamento agora mesmo!

Páris não cabia em si de tanta felicidade. A senhora Capuleto não disfarçou mais o sorriso e o abraçou, chamando-o de filho. Os três voltaram para dentro da casa e Capuleto abriu uma garrafa de vinho para brindarem à felicidade dos noivos.

— Que dia é hoje? — perguntou Capuleto, logo após o primeiro gole.

— Segunda-feira — respondeu Páris.

— Faremos o casório na quarta-feira! Não, quarta é muito cedo. Faremos na quinta-feira! O que acha, Páris?

— Acho que é uma pena amanhã não ser quinta.

— Então, está tudo acertado. Não faremos festa, porque não ficaria bem, assim tão próximo da morte do meu sobrinho. Chamaremos só meia dúzia de amigos e pronto.

— Pois amanhã mesmo, bem cedo, mandarei correr os papéis.

Capuleto pediu à mulher que desse a notícia à filha logo cedo e a orientasse a se preparar para o casamento o quanto antes. Os três conversaram animados mais um pouco, planejando o maravilhoso futuro dos jovens antes de se despedirem.

5

Começava a amanhecer e Julieta, abraçada a Romeu, tentava impedi-lo de ir embora.

— Ainda é cedo, fique mais um pouco.

— Está amanhecendo.

Julieta insistiu, implorou, fez de tudo para convencê-lo de que a luz que ele via no céu não era a da aurora, mas, sim, a de um meteoro; que o canto do pássaro não era o da cotovia das manhãs, mas, sim, o do rouxinol da noite. Romeu acariciou os cabelos dela, triste por não poder ficar ao menos mais um pouco.

— Você sabe que preciso ir. Se eu ficar, serei morto.

— Eu sei, eu sei. Você precisa partir para Mântua e continuar vivo. — Os dois se beijaram e Julieta mudou de ideia novamente, segurando seus braços com força. — Não vá! Fique, por favor!

— Então eu fico, se é o que você quer. De que vale a minha vida sem você ao meu lado? Essa luz deve ser mesmo o reflexo da lua... vai demorar para amanhecer — Romeu a abraçou.

Julieta percebeu que estava sendo egoísta e procurou se conformar. Amanhecia, e o perigo se tornava iminente. Foi com o coração partido que deixou Romeu ir embora.

Os dois se beijaram mais uma vez e foram interrompidos pela ama, que entrou sem pedir licença. Tinha ido avisar que a mãe de Julieta em breve chegaria ao quarto e que Romeu precisava partir.

O casal apaixonado trocou um último beijo e Romeu foi até a sacada, mas não desceu de uma vez.

— Que entre a luz e saia a vida — disse Julieta.

Romeu a olhou com carinho, lutando para deixá-la. Julieta pediu a ele que lhe escrevesse sempre, e ele prometeu a ela que o faria.

— Romeu — chamou Julieta, em um fio de voz, o rapaz pendurado na corda. — Você acha que nos veremos novamente?

Romeu impulsionou o corpo na escada até ficar com o rosto diante do dela, a olhou como se fosse a última vez e respondeu:

— Claro que sim.

Julieta ainda estava junto à sacada, olhando para Romeu que ia, ao longe, se esgueirando pelo canto do muro até a saída da propriedade, quando sua mãe entrou em seu quarto na ponta dos pés.

— Já está acordada? — espantou-se a mulher ao ver a filha de pé tão cedo.

— Sim, mamãe.

— Como está se sentindo, filha?

— Não estou nada bem — Julieta deu as costas para a sacada e voltou para a cama, onde se sentou.

— Sabe, filha, está na hora de parar de chorar pelo seu primo e se lembrar apenas dos bons momentos que viveram juntos. Quem deve chorar é Romeu, o assassino.

Julieta ficou com o coração apertado ao ouvir aquilo.

— Pois eu já o perdoei, mamãe. Mas tem uma dor que continua em meu peito.

— Estou certa de que sente isso porque ele continua vivo. Por mim, Romeu teria sido condenado à morte, mas o príncipe tem o coração mole.

A senhora Capuleto achou que o principal causador da tristeza da filha era Romeu, e não estava errada. Só não sabia que o motivo não era a morte de Teobaldo. Ela confessou à filha que estava tramando um plano para vingar a morte do sobrinho: enviaria um mensageiro a Mântua, onde sabia que o assassino estava escondido, e envenenaria Romeu, fazendo justiça ela mesma, já que, na sua opinião, o príncipe havia sido omisso.

Julieta ficou desesperada, mas não podia revelar seu segredo. Então, fingiu que também desejava a morte de Romeu e que fazia questão de ela mesma preparar o veneno para o mensageiro da mãe. Quem sabe assim conseguiria salvar o amado?

— Combinado — a mãe sorriu, satisfeita por ter uma filha tão dedicada à família. — Você prepara o veneno e eu cuido de descobrir o esconderijo do assassino.

Logo em seguida, ela mudou o tom de voz, apertou levemente a bochecha da filha e disse:

— Mas coloque um sorriso no rosto, porque tenho boas notícias.

A senhora Capuleto contou à Julieta que o pai e o conde Páris tinham feito um acordo e que a filha e o rapaz se casariam dali a poucos dias.

Julieta ficou furiosa. O rosto ardendo em chamas, os olhos faiscantes. Levantou-se da cama com tal rapidez que era como se tivesse sido picada por centenas de abelhas.

— Não caso — disse em voz alta e firme. — Prefiro casar com Romeu a casar com Páris, que nem sequer me consultou. Não caso e não caso! — gritou, bateu o pé e, em seguida, se jogou na cama em um choro convulsivo.

Capuleto e a ama, que ouviram a gritaria, entraram correndo no quarto de Julieta. Ao ver a filha em prantos, o pai a abraçou para confortá-la, acreditando que chorava pelo primo. Na esperança de lhe dar um motivo para se alegrar, virou-se para a esposa e perguntou se não contara a novidade para a filha.

— Contei tudo — explicou a mãe, aborrecida. — E ela disse que não vai se casar. Esse é o motivo dos gritos e da choradeira.

— Como é que é?! — era a vez de Capuleto gritar, furioso.

Ele olhava para a filha, sem acreditar, e, ao confirmar a verdade nos olhos dela, ficou ainda mais irritado, chamou-a de ingrata, disse que, em Verona, não havia partido melhor do que Páris, que muitas moças gostariam de estar no lugar dela, com um parente do príncipe como marido, e terminou com o ultimato de que Julieta o obedeceria e se prepararia para se casar com Páris na quinta-feira, na igreja de São Pedro, ou ele a arrastaria até lá à força, se fosse preciso.

A esposa tentou acalmá-lo, mas não houve jeito. Julieta ajoelhou-se, desesperada, implorando ao pai para não se casar. Em sua mente, passavam mil justificativas que não podia dizer em voz alta. Precisava guardar seu segredo, mas como poderia se casar se já era casada?

O pai estava furioso e irredutível. Não entendia como a filha podia ser tão ingrata.

— Você vai me obedecer e ponto final — Ele levantou o braço como se fosse bater em Julieta, mas o manteve parado no ar. — E nós ainda nos queixávamos de ter tido uma única filha — disse para a mulher. — Pois uma já é demais!

A ama tentou dar uma palavra, pois era a única a saber dos reais motivos de Julieta não aceitar o pedido de Páris. Se já estava casada, como Julieta poderia casar-se novamente? Mas Capuleto insultou a ama e a mandou para a cozinha, dizendo que lá era o seu lugar.

A senhora Capuleto, em uma tentativa de acalmar o marido, pôs a mão em seu ombro e sussurrou palavras de conforto. Mas ele estava descontrolado e ignorou-a completamente. Começou a andar de um lado para o outro do quarto, falando sem parar.

— Faço tudo por essa menina e ela vem com uma afronta dessas. Arranjo o casamento com um nobre, um membro da família real, e ela me faz essa desfeita. Pois, ou casa, ou não é mais minha filha! Aqui ela não come mais. Não vou sustentar filha ingrata e desobediente. Se não quer casar, que morra de fome nas ruas! — disse e saiu pisando firme, deixando Julieta aos prantos e a mulher e a ama em choque, pois costumava ser amável com a filha, mimando-a de todas as formas.

Julieta, então, implorou à mãe que tivesse piedade dela e lhe desse ao menos um mês, ou uma semana que fosse, para se acostumar com a ideia e se preparar para o casamento. Pediu que compreendesse a dor que estava sentindo pela morte do primo, que ainda não estava na hora de casar.

A mãe também não podia ir contra o marido, ao qual jurara obediência no casamento, e achou melhor não se intrometer mais, deixando Julieta tomar sua decisão sozinha.

— Você ouviu o seu pai — ela disse e saiu em seguida.

Julieta voltou-se para a ama, na esperança de conseguir ajuda.

— E você, ama, que sabe o verdadeiro motivo de eu não querer casar, o que me aconselha?

— Bom... Romeu foi banido e é bem verdade que Páris é muito melhor partido, em todos os sentidos. Muito mais bonito. Ai, aqueles olhos verdes... — suspirou. — E de família mais importante. Esse seu casamento com Romeu não vai a lugar nenhum. Meu conselho é que você case com Páris. Romeu está morto para você.

A resposta da ama foi tão inesperada que, a princípio, Julieta não teve reação, mas precisou se esforçar muito para disfarçar a raiva conforme ela continuava a falar.

Julieta respirou fundo, tentando se acalmar. A ama não era sua amiga como pensava, pois a mesma boca que um dia elogiara Romeu neste instante o ofendia daquela maneira. O melhor era fingir concordar com ela para ganhar tempo e encontrar uma saída para aquela situação.

— Você está certa, ama. Vou seguir o seu conselho — mentiu Julieta. — Vou me confessar com frei Lourenço e me preparar para o casamento.

A ama ficou radiante por ter sido ouvida e correu para avisar a senhora Capuleto enquanto Julieta se preparava para ir à igreja. Frei Lourenço, sim, a aconselharia bem. Ou era isso ou a morte. Não havia outro caminho.

IV. O plano

1

Desde que conversara com Capuleto, Páris não via a hora de acertar os detalhes do casamento com frei Lourenço. Mal amanheceu e ele já estava sentado na escadaria da igreja, aguardando. O frei chegou a se assustar ao abrir as portas pesadas e encontrar o jovem ali.

— Quinta-feira é muito cedo, Páris. E não gosto nada disso de Julieta ainda não ter dado o consentimento.

Na sacristia, acompanhado do jovem conde, o frei tentava ganhar tempo, pois não podia revelar o segredo de Julieta e Romeu. Páris explicou que Capuleto apressara o casamento porque a filha estava muito triste e chorava o tempo todo pela morte de Teobaldo. Naquele momento, ela precisava de alegria e de companhia. O frei não sabia mais o que dizer para fazê-lo mudar de ideia. Páris viu quando Julieta chegou para se confessar com o frei e ficou tão feliz ao vê-la ali que nem percebeu que ela o tratou com frieza. O frei se despediu do conde e o levou até porta, para que Julieta e ele ficassem a sós.

— O que ele estava fazendo aqui? Não me diga que o senhor já sabe dos planos do meu pai! Eu prefiro a morte a me casar com o conde. Não posso trair os votos que fiz, amo Romeu — disse a moça e caiu em prantos.

— Tenho um plano — ele revelou a Julieta, entregando a ela um lenço para enxugar as lágrimas. — É arriscado, mas, se fizermos tudo direitinho, vai dar certo.

Julieta sorriu, estava muito agradecida. Faria qualquer coisa para evitar aquele casamento absurdo.

— Volte para sua casa e diga aos seus pais que aceita o pedido de casamento.

Então, o frei foi até um armário, pegou um vidrinho com um líquido e o entregou à Julieta. Ele explicou com detalhes o que ela teria de fazer.

— À noite, ao se deitar, beba todo o conteúdo do vidrinho. Logo você vai sentir uma onda gelada correndo por suas veias e adormecerá em seguida, ficando sem pulso, fria e pálida, como se estivesse morta. E todos assim vão pensar. Você vai ser velada por dois dias na capela dos Capuletos e, dentro desse tempo, vai despertar. Vou pedir a um frei amigo meu que entregue uma carta a Romeu e este virá resgatá-la.

Julieta pegou o vidrinho, agradecida, e se despediu. O frei sentou-se à mesa para escrever a carta para Romeu e foi entregá-la ao frei João, seu amigo, que seria o mensageiro.

2

À noite, na casa dos Capuleto, a correria era grande com os preparativos para o casamento. Era preciso que tudo estivesse pronto em apenas dois dias. Capuleto cumpriu o prometido ao conde e fez o que ele julgava ser uma pequena lista de convidados — o que incluía quase a metade dos moradores de Verona. Entregou a lista a um dos criados, para que ele fizesse os convites pessoalmente, e ordenou a outro que contratasse vinte dos melhores cozinheiros da região. Queria que tudo fosse perfeito no casamento de sua única filha.

A senhora Capuleto e a ama o auxiliavam nos preparativos, mas as ordens eram dadas pelo dono da casa, que havia assumido o papel de organizador do evento. Capuleto não vira Julieta o dia todo, mas estava informado de que ela passara um bom tempo na igreja conversando com o frei e que, neste momento, descansava em seu quarto. A esperança do pai era que frei Lourenço tivesse conseguido dar um jeito na menina, para que fosse menos caprichosa e mais obediente.

Eram quase oito da noite quando Julieta foi procurar os pais, dizendo que o frei a fez ver o quanto estava errada e que deveria pedir perdão pela forma como agira antes. Para ser mais convincente, a moça se ajoelhou, de cabeça baixa, aos pés do pai. Capuleto não cabia em si de tanta felicidade e mandou que dessem a notícia ao conde imediatamente.

— Eu o encontrei na igreja e o tratei com muito carinho e respeito, papai.

— Fez bem. Muito me honra, minha filha.

Julieta pediu à ama que a ajudasse a escolher o que vestiria no grande dia, e a mãe retrucou, dizendo que ainda faltava muito para quinta-feira. Julieta queria que todos pensassem que ela estava feliz com o casamento.

— Vá com elas, mulher — disse Capuleto ao perceber que a senhora Capuleto ficara dividida entre ajudar a filha ou o marido com os preparativos. — Não se preocupe com os preparativos para a festa, deixe comigo.

Capuleto voltou a dar ordens aos criados, sentindo o coração leve e aliviado.

3

No quarto de Julieta, a cama estava tomada por belíssimos vestidos que nunca haviam sido usados. Sobre a penteadeira, havia joias, enfeites e broches que combinavam com cada um deles.

— Usarei este aqui, ama. Não é lindo? — decidiu a moça, escolhendo um dos vestidos. A ama sorriu, concordando. Julieta aproveitou para se livrar dela. — Esta noite, quero ficar sozinha em meu quarto, por favor. Preciso fazer muitas orações antes da cerimônia de amanhã, porque, como sabe, tenho inúmeros pecados para expiar. Foi recomendação do frei.

A ama concordou, emocionada por ver como sua menina estava ajuizada e feliz com o futuro brilhante que teria pela frente. A mulher ajudava Julieta a separar o que precisaria para o casamento e guardava os vestidos preteridos nos enormes baús quando a senhora Capuleto chegou para ajudá-las.

— Não se preocupe, mamãe. Já está tudo decidido. Vá se ocupar dos preparativos para a festa — Julieta sabia que era isso mesmo o que a mãe queria. A senhora Capuleto adorava organizar festas.

— Então, boa noite, filha. Descanse — disse, beijando a testa da filha e indo ajudar o marido.

A ama também se despediu e foi para o seu quarto.

Julieta ficou sozinha e se preparou para confrontar seus medos. Sentia uma onda gelada subindo pela espinha. Um medo de que algo saísse errado e a poção não fizesse efeito. Pensou em chamar a ama para confortá-la, mas o que lhe diria?

Ainda receosa, mas ciente de que não havia muito tempo para colocar o plano em ação, Julieta se aproximou de uma cômoda e tirou da gaveta um punhal, que colocou sobre a cama. Ficou ali por alguns instantes, olhando para o objeto e se questionando se haveria alguma chance de o frade tê-la traído. Como saberia se aquele vidrinho continha um veneno em vez da poção? Será que ele queria evitar que ela se casasse novamente e cometesse um pecado? Afinal, o casamento dela com Romeu fora realizado por ele.

Horrorizada com os próprios pensamentos, Julieta procurou afastar aquelas ideias malignas da mente. O frei era um homem santo, seu confessor e amigo. Ele a viu nascer! Se não pudesse confiar nele, em quem confiaria?

De repente, outro medo começou a tomar seus pensamentos: o de acordar muito antes de Romeu chegar e ficar sozinha dentro de um túmulo frio e assustador. "Vou morrer sufocada!", pensou.

O ar começou a lhe faltar ali mesmo, em seu quarto, ao pensar em ficar a sós, por um minuto que fosse, com todos aqueles ossos de seus antepassados, o corpo morto de Teobaldo e os fantasmas que, segundo diziam as pessoas, rondavam por ali.

E se enlouquecesse de tanto pavor? E se, em seu delírio, brincasse com os ossos dos mortos, ou pior, com o corpo de Teobaldo? E se o fantasma de Teobaldo estivesse ali, buscando por vingança?

Tomada de pensamentos nefastos, ela pegou o vidrinho com o falso veneno de dentro de uma gaveta e, pouco tempo depois, se jogou sobre a cama, exausta.

4

Eram três horas da madrugada e os preparativos para o casamento continuavam de vento em popa na casa dos Capuletos. Havia dezenas de criados por toda parte e eles passavam com espetos, lenha e cestas nas mãos, a caminho da cozinha. O cheiro doce das cestas de marmelo e passas se espalhava por todos os cômodos, e as mais finas iguarias chegavam à cozinha.

Capuleto se ocupava de tudo e de todos, muito agitado. A ama se preocupou com ele e sugeriu que fosse descansar para aproveitar a festa mais tarde, mas nem ela nem a senhora Capuleto conseguiram convencê-lo. Cansadas demais para insistir com a teimosia dele, ambas foram dormir. Ele queria que tudo fosse perfeito e com muita fartura. Não mediria esforços para isso e, se precisasse passar a noite acordado, passaria. Estava tão entretido com tudo que nem notou o dia raiar e o galo cantar. Um som agradável encheu seus ouvidos e ele se deu conta do adiantado da hora. Eram os músicos que já estavam na propriedade e começavam a afinar os instrumentos.

— Ama, rápido! — gritou Capuleto ao ver a mulher chegando para tomar o café da manhã. — Acorde Julieta e ajude-a a se arrumar. O noivo chegará a qualquer momento. Combinei com ele que viesse bem cedo, e Julieta precisa estar pronta para recebê-lo.

5

Mesmo com o estômago roncando de fome, a ama largou a comida na mesa e se apressou a acordar Julieta. O quarto ainda estava escuro, e as janelas, fechadas. O cortinado da cama também estava fechado e não se antevia nada através dele. A ama abriu primeiramente as janelas, para que entrasse um pouco de luz, e, depois, foi até a cama.

— Julieta, está na hora de acordar, preguiçosa. Cadê a noivinha? O conde já vai chegar, precisamos correr.

Sem resposta, a mulher abriu o cortinado e deparou com Julieta estirada sobre a colcha, vestida como na noite anterior.

— Mas dormiu vestida? Levante, patroa, está na hora de se arrumar!

A ama segurou o braço de Julieta, mas a mão da garota caiu, pesada. Por um momento, a ama não entendeu o que estava acontecendo, até se dar conta de que a menina só poderia estar morta. Desesperada, gritou pelos patrões.

— O que foi, ama? Que gritaria é essa? — perguntou a senhora Capuleto ao entrar, esbaforida.

— Que tristeza, senhora! Que horror! Que horror! — a ama chorava compulsivamente, largada em uma cadeira.

— O que foi, mulher? Não me apavore! Onde está Julieta?

A ama abriu um pouco mais o cortinado, para que a mãe visse com os próprios olhos. A senhora Capuleto chegou a perder o equilíbrio e se sentou na beirada da cama.

O pai, acostumado com os escândalos da ama, não estranharia nada em um dia como aquele. Então, encaminhou-se ao quarto para apressar a filha e avisar que o noivo havia chegado. Lá, deparou com as duas mulheres chorando compulsivamente, dizendo que a menina estava morta.

O homem não acreditou. Aquilo só poderia ser um mal-entendido ou, então, ele estava sonhando. Estava tão cansado que, certamente, teria adormecido sem se dar conta disso. Mas, ao olhar para Julieta caída sobre a cama, a pele fria, os braços e as pernas enrijecidos e os lábios sem vida, ele também se sentou em uma das beiradas da cama. Sua menina estava morta.

Os Capuletos não tinham palavras para expressar aquela dor.

Frei Lourenço já se encontrava na casa deles para os preparativos da cerimônia. Ele conversava com Páris e com os músicos quando Capuleto, pálido, se aproximou.

— Por que a demora? E onde está a noiva? — perguntou frei Lourenço, sem revelar que conhecia bem o destino da moça.

— Uma desgraça se abateu sobre nós. Julieta está morta! — revelou Capuleto.

Páris ficou imóvel, sem reação. Tinha esperado tanto por aquele momento, e a morte destruíra seus sonhos.

A senhora Capuleto e a ama estavam desconsoladas.

— Minha única filha, minha única alegria neste mundo, morta! — lamentava-se Capuleto.

— Que tristeza, que dia horroroso! — repetia a ama.

Estavam todos arrasados, chorando e lamentando o ocorrido. O frei tentou consolá-los, chamando-os à razão. Falou que Julieta havia sido criada para o céu, que então a chamava de volta. Deviam demonstrar todo o seu amor pela donzela e se contentarem pela felicidade que ela encontraria no céu.

— Não devemos contestar a vontade de Deus. Vistam-na com seu melhor vestido e levem-na à tumba da família, bela como veio ao mundo — recomendou o frei.

Capuleto estava com o coração partido. E pensar que todos os seus esforços nos preparativos para a festa de casamento serviriam, agora, para o funeral da própria filha! Estava tudo ao contrário. A música alegre ficaria triste; os arranjos de flores virariam coroas.

V.
O destino

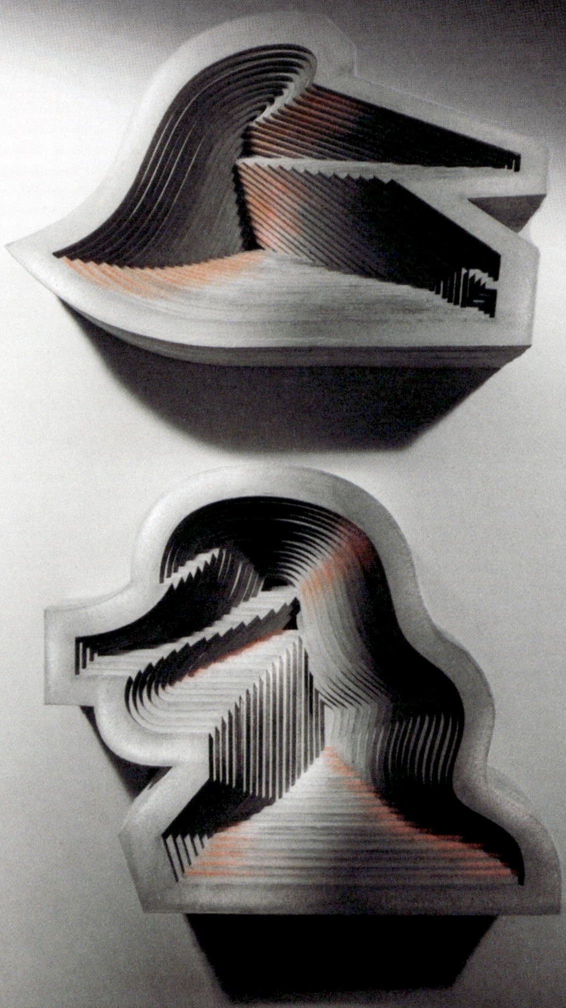

1

Naquela noite, ainda em Mântua, Romeu sonhou que estava morto e que Julieta o trouxera de volta à vida com um beijo. Ao despertar da morte, ele se tornara imperador.

Longe de pensar em algo nefasto, Romeu acreditou que o sonho fosse um prenúncio de boas-novas. Estava feliz, imaginando os momentos de alegria que teria ao estar com Julieta novamente.

Romeu terminava de fazer um lanche quando foi surpreendido por seu criado, Baltasar, que chegava com notícias de Verona.

— Como está Julieta? E meus pais? Frei Lourenço mandou algum recado? — Romeu encheu o rapaz de perguntas, tão ansioso que estava.

— Julieta está morta — ele disse, de supetão, sem cuidado nenhum. Não sabia como dar notícias ruins e achou melhor dizer de uma vez. — O corpo está na tumba dos Capuletos esperando pelo sepultamento. Perdoe-me por trazer essa notícia tão triste.

Romeu levou alguns instantes para compreender as palavras do criado. Aquilo não parecia estar acontecendo de verdade. Tão logo se deu conta da realidade, sentiu uma dor profunda no peito. Nada mais fazia sentido.

Ele não entendia por que o frei não lhe enviara nenhuma carta, nenhum recado. Sem mais motivos para se esconder, decidiu partir naquela mesma noite. Baltasar tentou convencê-lo do contrário, sabia o perigo que ele correria voltando a Verona, mas não houve jeito.

Desesperado, Romeu decidiu procurar um boticário e pedir um veneno para acabar com aquela dor. Desejava estar com Julieta, se não neste mundo, em outro. A droga era proibida, mas estava certo de que o sujeito a venderia para ele, pois o boticário era um homem pobre e sua loja estava caindo aos pedaços.

Era feriado e a loja do boticário estava fechada. Romeu gritou, chamando por ele.

— Quem é? — o boticário abriu a porta a contragosto, pois queria descansar.

Era uma loja antiga, empoeirada, com paredes descascando. Objetos e figuras estranhas e assustadoras por toda parte. Pendurados no teto, tartarugas e jacarés empalhados, além de peles de peixes. Nas prateleiras, caixas e potes com sementes e flores secas.

— Preciso de um veneno poderoso. Tem de agir rápido e matar imediatamente quem o tomar. Tenho quarenta ducados para lhe pagar.

O boticário quase não acreditou no que estava ouvindo. Não era comum um homem de boa família, como Romeu, aparecer por ali. Ainda mais com um pedido tão inusitado.

— Como o senhor deve saber, são proibidos a venda e o uso de tal produto. E a pena para quem descumprir a lei é a morte. Embora eu tenha o produto aqui, não posso vendê-lo. Lamento muito.

Romeu apelou. Falou que notara quanto o boticário era pobre e que aquele dinheiro certamente faria diferença em sua vida.

— Aceite, senhor. Será o nosso segredo.

— Pois bem, aceito. Só porque necessito muito. Não é por vontade, mas por necessidade.

— Pago a pobreza, não a vontade.

O boticário foi até os fundos da loja, pegou o veneno e o entregou a Romeu.

— Basta diluí-lo em qualquer tipo de líquido. O efeito é imediato e devastador. Mas atenção! Uma vez tomado, não há volta.

— Fique com o ouro, que é o verdadeiro veneno da alma. Mata mais do que qualquer outro.

Romeu tinha certeza de estar comprando a cura e envenenando o boticário ao lhe entregar aquela quantia.

— Compre comida e ganhe peso! — sugeriu ao pobre homem.

2

Frei Lourenço aguardava ansioso na capela quando frei João finalmente chegou.

— E então? Tem notícias de Romeu? Entregou minha carta a ele?

— Nunca cheguei a Mântua. Fui chamar outro frei para me acompanhar na missão de avisar Romeu sobre seu plano com Julieta quando fomos retidos pela guarda, que temia que tivéssemos cuidado dos doentes da peste.

Frei Lourenço não queria acreditar no que estava ouvindo.

— E quem levou a minha carta para Romeu?

— Ninguém. Ele nunca a recebeu.

Frei Lourenço levou a mão ao peito e procurou um banco para se sentar. Aquela situação era muito grave. O que seria de Julieta se Romeu não sabia que ela tomara uma poção para parecer morta? E quando ela acordasse sozinha no túmulo? Faltavam três horas para passar o efeito da poção. Ele precisava agir imediatamente.

— Rápido, frei João, preciso de sua ajuda! Vá buscar um pé de cabra. Tenho de sair neste instante para resolver uma confusão.

Ele mesmo arrombaria o túmulo e esperaria Julieta despertar. Enviaria outra carta a Romeu e levaria Julieta para aguardá-lo em sua cela. Em pouco tempo, estaria tudo resolvido.

Ao menos era o que frei Lourenço pensava.

3

A manhã estava cinzenta e o sol se recusara a nascer, como se previsse os acontecimentos terríveis daquele dia.

Páris estava arrasado. Na companhia de seu pajem, se preparava para visitar o túmulo de Julieta e levar flores e água perfumada para ela. Quando chegaram ao cemitério, Páris pediu ao pajem que apagasse a tocha que carregava, para que não fossem vistos entrando ali, e lhe recomendou que tivesse muito cuidado para não pisar em uma cova.

— Fique aqui e me espere. Se vir alguém chegar, assobie. — Páris virou-se e entrou no mausoléu dos Capuletos.

O pajem ficou ali, apavorado, olhando para um lado e para o outro, forçando a vista para tentar identificar as sombras que teimavam em surgir à sua frente.

Páris cobriu o túmulo com flores e se ajoelhou. Ao pensar nos sonhos desfeitos, as lágrimas desciam livremente por seu rosto. O assobio do pajem o tirou de seus pensamentos. Alguém se aproximava.

Romeu e Baltasar caminhavam a passos largos pelo cemitério em direção ao mausoléu dos Capuletos. Levavam uma tocha, uma picareta e um pé de cabra. Estavam tão concentrados que não notaram o pajem de Páris e seu olhar assustado ao passar por ele. Ao contrário de Páris, Romeu não se preocupava em se esconder, ainda que estivesse sob o perigo da pena de morte se fosse encontrado ali.

Romeu havia escrito uma carta ao pai explicando tudo e pedindo seu perdão pelo ato insano que ia cometer. Ele a entregou a Baltasar e lhe disse que queria ver o rosto da amada mais uma vez e pegar um anel que lhe pertencia e que lhe era de vital importância.

— Obrigado, Baltasar. Pode ir entregar a carta a meu pai. Se eu pegar você me espionando, juro que o estraçalho.

Romeu sentia-se triste e, ao mesmo tempo, estranhamente forte. Era capaz até de matar alguém que o interrompesse naquele momento difícil da despedida.

— Pode deixar que não vou incomodá-lo. Já estou indo.

— Você é um bom amigo, Baltasar. Tome, você merece — entregou um pequeno saco de moedas para o criado, como recompensa pelo segredo.

Baltasar saiu, mas decidiu se esconder em um canto e aguardar os acontecimentos. Estava muito desconfiado das intenções de Romeu e preocupado com ele, pois poderia cometer alguma loucura.

Romeu entrou no mausoléu tão transtornado que não viu Páris sentado em um canto, cabisbaixo. Páris, por sua vez, não podia acreditar que Romeu estivesse ali e não entendeu os motivos, já que desconhecia o amor dele por Julieta e ignorava o laço de matrimônio que unia os dois. Decidiu ficar quieto, observando. Para seu espanto, Romeu colocou a tocha em um dos apoios da parede e usou a picareta para abrir o túmulo.

Ficou claro para Páris o que estava acontecendo. Romeu matara Teobaldo e foi se vingar dos Capuletos por ter sido expulso da cidade, cometendo aquele ato infame de violar o túmulo de uma donzela.

— Pare, seu crápula! Ou vai morrer pelas minhas mãos!

Romeu se virou, surpreso, pois julgava estar sozinho.

— Vá embora, Páris, não quero ferir você.

— Ah! Pois eu vou arrastar você daqui para a prisão.

Os dois sacaram as espadas e começaram a lutar. O pajem de Páris correu para chamar os guardas, mas não houve tempo. Não foi uma luta difícil nem longa. Em poucos golpes, Páris caiu morto.

Romeu voltou a atenção para aquela que fora sua esposa por tão pouco tempo e admirou sua beleza, ainda tão fresca, como se estivesse dormindo em vez de morta. Imaginou se Teobaldo não estaria enterrado ali mesmo no mausoléu e pediu-lhe perdão pelo golpe que o matara. Com as mãos trêmulas, tirou do bolso o pequeno frasco de veneno, destampou-o e o bebeu de um só gole.

O veneno era mesmo rápido, como dissera o boticário. Em um último gesto apaixonado, Romeu beijou os lábios de Julieta.

E morreu.

4

Frei Lourenço chegou ao cemitério carregando uma pá e um pé de cabra. Do lado de fora do mausoléu, encontrou Baltasar, e este lhe explicou por que estava escondido e avisou-o de que Romeu estava lá dentro havia meia hora. Baltasar ainda disse ao frei que tivera um sonho estranho enquanto cochilava no cemitério. Nele, Romeu matara Páris.

Temendo pela verdade, o frei entrou no mausoléu e encontrou as espadas no chão e uma poça de sangue. Quando conseguiu enxergar melhor no escuro, acostumando a vista, viu os dois jovens mortos.

O frei ficou arrasado. Tinha chegado tarde demais para salvar o jovem amigo. De repente, percebeu um movimento no túmulo dos Capuletos. Era Julieta que despertava e deparava com aquela cena de terror.

— Frei! O senhor aqui? Onde está Romeu?

Não foi preciso muito para Julieta entender o que se passara. Bastou sentar-se no túmulo para testemunhar tudo. O frei tentou convencê-la a saírem dali antes que os guardas chegassem. Ele a protegeria, levando-a para algum convento, mas Julieta, fora de si, se recusou a sair do lado de Romeu.

Assim que o frei saiu, ela olhou cuidadosamente para Romeu. Como em um sonho, viu o frasco de veneno e entendeu o que havia acontecido. Desejava que ele tivesse deixado sobrar ao menos uma gota para que ela também o tomasse. Desamparada pela dor que a consumia, Julieta beijou os lábios de Romeu, ansiando por um pouco do veneno, que já havia evaporado. Surpreendeu-se com os lábios ainda quentes, embora sem vida.

Um guarda entrou de supetão e Julieta desesperou-se. Ela não poderia se separar de Romeu. Buscou por algo que a ajudasse e rapidamente o encontrou. Em um último esforço, Julieta tirou um punhal da cintura de Romeu e desferiu o golpe fatal, caindo morta sobre o corpo do amado.

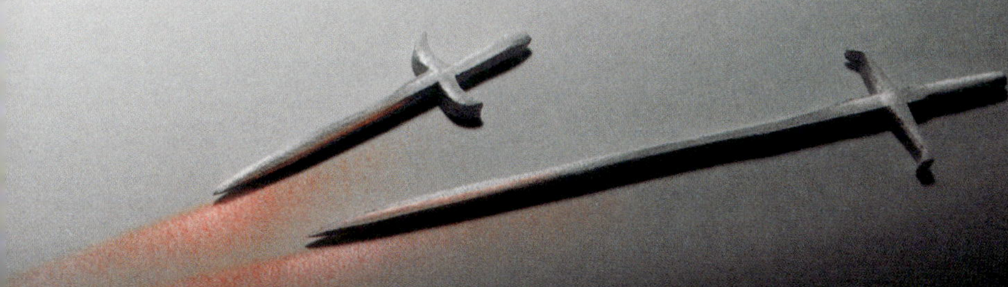

5

Em poucos minutos, o mausoléu estava tomado por guardas guiados pelo pajem de Páris. Assustados, os homens viram os três corpos banhados em sangue e entenderam o ocorrido ao perceber que Julieta, embora dada como morta, havia morrido realmente minutos antes.

Alguns guardas saíram para avisar as famílias e encontraram Baltasar, a quem prenderam imediatamente, enquanto esperavam as ordens do príncipe. Outros guardas chegaram com o frei após tê-lo encontrado do lado de fora do cemitério com a pá e a picareta.

O príncipe foi o próximo a aparecer com seu séquito. A seguir, vieram os Capuletos, angustiados com os boatos que ouviam pelas ruas. Montéquio havia perdido a esposa naquele mesmo dia, desgostosa com o exílio do filho, e vinha de coração partido e apertado, esperando pelo pior. Ao verem seus filhos amados mortos, Montéquio e os Capuletos ficaram sem chão.

O príncipe exigiu que o frei explicasse o ocorrido. Não entendiam o que Romeu fazia ali e por que Julieta estava morta pela segunda vez.

O frei, então, contou-lhes toda a história. Baltasar, em seguida, entregou a Montéquio a carta de despedida de Romeu e, ao lê-la, o pai soube do veneno comprado do boticário e entendeu o final daquela trágica história.

O príncipe compadeceu-se de Montéquio e Capuleto, e segurou a mão de cada um, dizendo-se também culpado por tudo aquilo e por não ter impedido aquele ódio entre as famílias, que acabou levando dois jovens que se amavam a morrer daquela maneira, assim como à perda de dois de seus queridos sobrinhos.

Capuleto esticou a mão para Montéquio, que a apertou em um gesto sincero de perdão e amizade. Montéquio jurou que mandaria fazer uma estátua de ouro para Romeu e Julieta, e eles ficariam lado a lado, para sempre, em Verona, para que todos se lembrassem daquele imenso amor.

Embora em paz, as duas famílias estavam profundamente tristes, pois do ódio nascera um grande amor entre os dois jovens, e a intolerância os levara àquele terrível destino.

Até hoje, não houve no mundo história mais triste que a desse amor proibido entre Julieta e seu Romeu.

William Shakespeare

Dramaturgo, poeta e ator, nasceu em 23 de abril de 1564, em Stratford-upon-Avon, na Inglaterra — acredita-se que, curiosamente, no mesmo dia de sua morte, em 1616. De família abastada, Shakespeare viveu na casa dos pais até os dezoito anos, quando se casou com Anne Hathaway, jovem oito anos mais velha que ele. Juntos, tiveram três filhos: a primogênita Susanna e os gêmeos Hamnet e Judith. Hamnet morreu ainda na infância, aos onze anos de idade.

Considerado por muitos o maior escritor de todos os tempos, Shakespeare é reverenciado mundialmente, e seus textos continuam sendo adaptados para diversas mídias, como livros, teatro, cinema e televisão. Com cerca de 38 peças teatrais, 154 sonetos e uma infinidade de poemas em sua bibliografia, escreveu sobre questões comuns a todo ser humano — o amor, a morte, a traição e a culpa —, independentemente da cultura, classe social, época e nacionalidade. É por isso que sua obra continua tão atual e porque, mais de quatrocentos anos após sua morte, ainda nos identificamos com ela. Algumas de suas histórias mais conhecidas são *Romeu e Julieta*, *A megera domada*, *Otelo*, *A tempestade*, *Hamlet*, *A comédia dos erros*, *Macbeth*, *O mercador de Veneza*, *Sonho de uma noite de verão* e *Rei Lear*. Você certamente já ouviu falar de algumas delas.

Embora não tenha tido livros publicados em vida, Shakespeare obteve muito sucesso com suas apresentações teatrais e pôde usufruir de um bom retorno financeiro na época, vivendo confortavelmente com sua família. Por quase vinte anos, ele escreveu e produziu cerca de duas peças anuais para a companhia de atores Os Homens de Lord Chamberlain (The Lord Chamberlain's Men). Com o sucesso alcançado, a companhia conseguiu o apoio financeiro do rei James I e passou a se chamar Os Homens do Rei (The King's Men).

Seu primeiro trabalho publicado foi o poema *Vênus e Adônis,* em 1593, e foi somente após o seu falecimento que sua obra mais substancial foi publicada. Em 1623, seus amigos, os atores John Heminge e Henry Condell, provavelmente com a participação da filha Susanna, publicaram 36 de suas peças em um volume único, conhecido como o *Primeiro fólio de Shakespeare* (*First Folio*). A palavra "fólio" se refere ao formato do livro, e isso é importante porque, na época, apenas livros de história, de religião, entre outros assuntos considerados importantes, eram publicados nesse formato.

Shakespeare morreu aos 52 anos, em 23 de abril de 1616, e está enterrado na Catedral da Santíssima Trindade, em Stratford-upon-Avon.

Flávia Côrtes

Flávia Côrtes

Como a maioria das pessoas, conheci Shakespeare por filmes e textos adaptados, e só depois quis buscar as versões originais de suas peças. Nem preciso dizer quanto fiquei encantada com o "bardo".

Do que mais gosto nas adaptações é que elas abrem caminho para outras experiências de leitura. Foi uma alegria quando recebi a proposta de adaptar algumas obras de Shakespeare para jovens leitores.

Sou escritora e roteirista, e tenho mais de trinta livros publicados. Atualmente, faço doutorado em teoria da literatura e literatura comparada pela Universidade do Estado do Rio de Janeiro (Uerj).

Rodrigo Mafra

Eu era pequeno quando comecei a desenhar, e sempre gostei de construir estruturas e encaixar peças para criar um mundo. Mas tive certeza de querer desenhar para viver depois de um intercâmbio fora do país.

Estudei artes plásticas na Universidade de Brasília (UnB), participei da II Bienal Nacional de Design, ganhei prêmios internacionais, fui selecionado para concursos de ilustração, fiz exposições e animações para cinema e televisão, e me tornei autor de livros infantis.

Foi uma alegria imensa ter sido convidado para ilustrar Shakespeare, que para mim é a tradução do que somos, um tratado da nossa composição psíquica, das luzes e sombras presentes no ser humano. Ilustrá-lo foi encher de luz minha criação!

Este livro foi composto com as tipografias
EB Garamond e BC Monument, impresso
em papel offset 120 g, em 2023.